ANGHAI LITERATURE & ART PUBLISHING GROUP

故事会
5元
精品系列

STORIES

讽刺故事

上海锦绣文章出版社
上海故事会文化传媒有限公司

上海文艺出版（集团）有限公司

图书在版编目(CIP)数据

讽刺故事／《故事会》编辑部编.-上海：上海锦绣文章出版社，
2010.9重印（故事会5元精品系列）　　ISBN 978-7-80685-963-6
Ⅰ.讽…Ⅱ.故…Ⅲ.故事-作品集-世界　Ⅳ.I14
中国版本图书馆CIP数据核字(2008)第019738号

丛书名：故事会5元精品系列
书　名：讽刺故事
主　编：何承伟
编　委：何承伟　吴　伦　姚自豪　夏一鸣

责任编辑：鲍　放
装帧设计：王　伟
责任督印：张　凯

出　　版：上海锦绣文章出版社·上海故事会文化传媒有限公司
发　　行：上海文艺出版（集团）有限公司
　　　　　电话：021-60878676　021-60878682
　　　　　传真：021-60878662
　　　　　地址：上海打浦路443号荣科大厦1501室
　　　　　电子邮箱：wyfx2088@163.com
　　　　　邮编：200023
印　　刷：上海华文印刷厂
经　　销：新华书店
版　　次：2010年9月第1版第4次印刷
规　　格：770×960　32开　印张5
书　　号：ISBN 978-7-80685-963-6/G·083
定　　价：5.00元

如发现本书有质量问题，请与印刷厂质量科联系　Tel：021-66987232　　　　**版权所有·不准翻印**

上海故事会文化传媒有限公司　出品（00153）　www.storychina.cn

STORIES

上海故事会文化传媒有限公司所有图书可办理邮购，免收邮费（挂号除外）
汇款地址：上海市南绍兴路74号（200020）；　收款人：上海故事会文化传媒有限公司
联系电话：021-54667910

编者的话

《故事会》杂志是上海文艺出版总社旗下一本以发表故事为主的通俗文学刊物，其发行量在中国乃至世界文化综合类期刊中一直名列前茅。

改革开放以来，她始终与时俱进，不断开拓创新，以积极健康的思想内容，清新明快的节奏，生动活泼的风格，亦庄亦谐的美感，赢得了海内外数千万读者的喜爱。

无数事实、经验和理性已经证明：好故事可以影响人的一生。而以我们之见，所谓好故事，在内容上讲述的应是做人与处世的道理，在形式上也应听得进、记得住、讲得出、传得开，而且不会因时代的变迁而失去她的本质特征和艺术光彩。

为了让更多的读者走进好故事，阅读好故事，欣赏好故事，珍藏好故事，传播好故事，我们特编选了一套"故事会5元精品系列"以飨之。其选择标准主要有以下三点：

一、在《故事会》杂志上发表的作品。

二、有过目不忘的艺术感染力。

三、有恒久的趣味，对今天的读者仍有启迪作用。

愿好故事伴随你的一生！

《故事会》编辑部

目　录

咎 由 自 取

　　一切合乎人道的事情,都是令人感动的;以卑劣手段得到的东西,必定带来恶的报应。

盗窃指南

　　小偷行窃,被当场抓住。警察在他住处起出大量赃物,据小偷自己交代,这些东西都是在一个小区偷的。

　　警察挺纳闷:这个小区不缺保安啊,他怎么得的手? 于是再审小偷。

　　小偷说:"保安算什么,他们还帮我的忙呢!"

　　警察不信:"怎么可能?"

　　小偷说:"真的,我一说搬家,他们就相信了,热心的还会来帮我推把车。"

　　警察连连摇头:"那是巧,这么糊涂的保安正巧被你撞上。"

　　小偷却"嘿嘿"笑出了声:"有啥巧不巧的? 我动手之前就摸清他们底细了。你们以为我没有信息……"小偷自知说漏了嘴,立刻收住口。

警察可饶不了他,紧着追问,小偷没办法,只好竹筒倒豆子彻底交代。

小偷说:"网上有个盗窃指南,它能告诉我到什么地方去偷最安全。"说着,他像模像样地凑到桌上一台正开着的电脑前,抓过鼠标器轻轻一点,出来一个页面:最差物业公司排行榜。

小偷说:"这类物业公司管理混乱,保安也差,下手比较容易,基本上一偷一个准儿。"

警察明白了:"你小子还真讲究'信息化'。可是你知道这次为什么会被抓住?"

小偷摇头:"我也纳闷呀,这'盗窃指南'怎么不灵了?"

"告诉你吧!"警察瞪眼瞅着小偷,"那个物业公司被评为最差以后,让业主给炒了,今天是新换的物业公司第一天开张!"

(黄自昌)

(题图:李 加)

吓死你们

　　大老张家里经济不宽裕，每次去超市买东西，都只挑一些便宜货，而且数量也少得可怜，人家推着小车，车里选的东西装得满满的，可他放在购物篮里的东西连底都盖不住。超市就在小区附近，大老张每次去总会碰到小区里的熟面孔，人家看他只买这么点东西，就问他："来一趟多麻烦，就买那么一点点？"大老张觉得好没面子。

　　不过，大老张人很聪明，超市去多了，摸出一条经验：在超市里，不管你从货架上拿多少东西，只要不出门，是不用付钱的。为了给自己争回面子，他想出了一条妙计，以后一进超市就先推一辆购物车，专拣贵的东西往车里拿，然后推着小车大摇大摆地在超市里转上几个来回，让熟脸的人看看自己出手有多么大方。

等脸露得差不多了,再把车悄悄推到僻静货架那里,然后赶快拿出自己真要买的那点东西,去付钱结账。

这一招果然灵验!不久,大老张就觉得小区里的人看自己的眼光与过去不一样了,充满了惊奇和羡慕,再没有人敢笑话他买东西寒酸了,都说:"哟,又买这么多呀?你可真会享受生活啊!"

每逢这个时候,大老张心里那个美呀:嘿嘿,羡慕去吧,大爷我吓死你们!

这一天,大老张正在家里睡觉,派出所民警突然找上门,说是让他谈谈自己的问题。

大老张眼一瞪,说:"我堂堂正正做人一辈子,谁有问题也轮不到我有问题!你们走错门儿了吧?"

民警说:"没错,就是问你呢!最近小区发生多起入室盗窃案,我们对小区的暴发户进行摸底排查,群众反映你应该排在第一位。说说你是怎么快速发财的吧!"

"这……"大老张顿时张口结舌,说不出话来。

(徐　洋)

(题图:李　加)

新时尚

公司钱经理和会计莎莉最近频频展开"地下情"活动，莎莉老公这段时间有事要住在单位，钱经理就夜夜往莎莉家跑。

这天凌晨时分，两人正睡得香甜，忽然听得门响。钱经理毕竟是久经沙场的老将，知道这时候穿衣服已经来不及了，见房间里没地方躲，就拉了条床单往腰上一围，大步冲到阳台，一咬牙，顺着水管滑到了地上。尽管腿上、胳膊上都挂了彩，但他忍着痛拼命朝前跑，跑出好远，看看后面没什么动静，这才抹了把汗，放下心来。

这时，天已经蒙蒙亮了，街上行人渐渐多起来，钱经理不敢回家，因为他跟老婆说自己去出差，这样回去算怎么回事？他苦着脸想来想去，觉得自己这副样子一个人在大街上走太显眼，便掉头朝附近广场跑去，那里都是晨练的人，他打算在人群里混一阵,等老婆上班以后就回家穿衣服。

就这样,钱经理一头扎在晨练的队伍中,装模作样地弯腰伸腿锻炼起来。天色越来越亮,广场上的人也越来越多,大家见钱经理上身光着膀子,下面裹着床单,都好奇地看着他,尤其是站在他身后的那些人,看着他的背影,一个个都忍不住笑。

钱经理脑子一转,冲大家说:"这是晨跑新造型,没见过吧?它的最大优点是做动作伸展自如!"围观的人笑着走了,钱经理庆幸自己有惊无险,心里乐开了花。算算老婆这时该出门上班了,于是他就"一·二 一·二"地向家里跑去。

跑着跑着,从后面跑上来十几个孩子,是一群武术学校的队员,都好奇地看着钱经理。钱经理冲他们一瞪眼:"看什么看!"队员们的教练见钱经理这个样子,也好奇地打量起他来。钱经理被他看得心里发毛,还以为自己哪里走了光,可是低头看看,没问题啊,就没好气地冲他说:"看……看什么看!"

谁知那教练忽然脸色一变,使个扫堂腿勾了钱经理一个狗吃屎,又冲小队员们喊道:"给大家一个实战演习的机会,打!"说着,先就抡起重拳朝钱经理打了过去。立刻,小队员们的拳头纷纷落到了钱经理的身上,钱经理顿时就被揍得鼻青脸肿,趴在地上委屈地说:"你们……你们也太霸道了吧?我不就是裹了条床单嘛,这是……这是晨跑新造型,你们不懂……"

钱经理不说也罢,这番话刚落音,那个教练的拳头又砸了上来:"什么屁造型!知道你屁股上那几个字么?那是我不小心用烟头烫了,老丈母娘绣上去的!"原来,这教练不是别人,正是莎莉的丈夫,这阵子武术队集训,他住在学校里,没有回家,给了钱经理可趁之机。钱经理脑袋"嗡"的一声,扭身一看,才发现屁股这里的床单上正好绣着四个大字:婚姻幸福。

(小 芦)

(题图:李 加)

丢钱之后

　　这天上午，新星小学教导处主任卫全从会计那儿领了824元工资，可到家后就发现钱没了，赶忙又回到学校找，还是没有找到。卫全把这事对老校长和其他老师一说，老校长当即摇着头批评他："你看你这孩子，整天像脚踩狗屎一样，没一点稳当劲。"

　　可巧第二天教育局局长来学校检查工作，局长和卫全的大哥是同学，与卫全也熟，他向老校长问起卫全的情况，老校长不经意间说起卫全丢钱的事儿，局长就批评卫全："你这孩子，怎么这么毛手毛脚，一个月的工资就这么没了，不心疼吗？若是将坏毛病带到工作上，要误大事啊！"卫全尴尬极了，心里很后悔：钱丢了就丢了呗，干吗要说出来呢？丢了钱没人赔不说，还反给大家留下个坏印象。老校长就要退居二线了，自己正准备接班呢，关键时候出这茬，得赶快想办法挽回影响。

于是第二天，卫全贴出一张告示。告示上写道：我丢了钱，老师们都表示深切的同情，在此本人表示感谢！但现在大家不用操心啦，我原以为那钱丢了，谁知是衣服口袋裂了缝，钱漏到夹层里去了。一场误会，再次谢谢大家。

既然钱没丢，于是大家都松了口气，既为卫全高兴，也为自己庆幸：若这钱一直找不到，没准卫全怀疑是谁捡到而私吞了，这可就啰唆了。现在钱没丢，这就比什么都好。

事情就这么过去了。可奇怪的是过了两天，有两位学生拿着817元钱来找老校长，说是前几天在学校操场上捡到的。这钱其实就是卫全丢的那824元，他们打游戏花掉7元，后来两人在分钱时发生争吵，家长知道后盯着他们把钱交到学校。

卫全这回傻眼啦：天知道这没指望的钱怎么又回来了？去认领吧，大家该怎么看我？不去认领吧，那可是一个月的工资呀！他想来想去实在憋不住，于是悄悄对老校长说，想把钱领回去。老校长说："你的钱不是没丢吗？再说数目也不对啊，怎么会是你的呢？人家学生都能够拾金不昧，咱可不能有其他想法呀！"

"哎呀，老校长，要我怎么说，你才相信我呢？"卫全又急又委屈，听老校长的意思好像自己是想冒领似的。他赶紧找到那两个捡钱的学生，又把两位家长请到学校，总算让老校长明白了事情的前后经过，这才把钱领了回去。

经过这么一折腾，全校老师都知道了卫全丢钱和领钱的经过，于是议论纷纷。

没过多久，教育局对各校领导班子的未来人选进行考核。老师们就这件事给卫全提了三条意见：一是毛手毛脚，不够成熟稳重；二是不诚实，一会儿说丢了钱，一会儿又说没丢钱，怎么就不能说实话呢？三是贪财，区区几百元钱，就看得那么重。最后的结论是：像这样的人，一旦有了更大的权力，怎么能抗得住金钱的诱惑？

(李灿中)(题图：李　加)

警车追击

　　歌星阿毛是个大忙人，经常是一天之内要赶好几个场子。这天，他在一个小城市演出，刚走下舞台，助手兼司机阿威就把手机递给他说："演出公司的刘经理来过好几个电话，要我们千万别误了晚上的时间。"原来阿毛与刘经理签过协议，晚上七点在百里之外的省城有一场演出。

　　阿毛抬腕看了看手表，离七点只差一个小时了，他一分钟也不敢耽搁，立即让阿威驱车赶往省城。他给刘经理回电话，说他一定准时赶到，保证误不了场。阿毛所以这样自信，是因为阿威不是一般的司机，他是赛车队刚刚退役的主力队员，开起车来那才叫快。这不，一路上阿威把车速开到了180迈，车子简直就像飞起来似的。

马上就要到省城入口处了，阿毛突然看见路边停着一辆警车，一个满脸络腮胡的警察正挥手示意他们停车。阿毛心里一惊：坏事，刚才车速太快了，这要让警察逮住，罚款事小，耽误了时间事大啊！他立刻吩咐阿威："冲过去，绝对不能停，万一耽误，就来不及了。"阿威点头应道："放心，看我的！"说着，油门一轰，车"嗖"的一声窜出好远。

这下可捅了马蜂窝，警察一看他们不停车，连忙发动警车在后面追，一面追一面还"嘟嘟嘟"喇叭按个不停。阿威心慌了，对阿毛说："停车吧，看样子今天逃不过了。"谁知阿毛眼一瞪，说："你现在还敢停车？你没看见他那拼劲儿？被他抓住肯定麻烦不小。快开，千万别让他追上，等到了省城我再找人摆平！"

这时候，车子正开到一个岔路口，阿毛灵机一动，吩咐阿威说："快，咱走土路！咱的车好，不信甩不掉他。"阿威一听，连忙将车拐弯下了公路，一颠一颠地在坑坑洼洼的乡村土路上跑起来，一会儿走村庄，一会儿串集镇。也不知道走了多久，扭头再瞧，两个人不禁笑开了颜：嘿嘿，那辆警车早不知道被甩到哪里去了！

可没高兴多久呢，两人就傻了眼。为啥？迷路了呗！只好边开车边问。这就耽误了不少时间，等到好不容易摸到省城，上场时间已经超过一刻钟了。

刘经理脸色铁青，看到阿毛就指着手表埋怨："你们怎么到现在才来？台下早已闹翻天了。我告诉你，演出要是砸了的话，你不但一分钱得不到，还得赔偿我们违约金！"阿毛只得连连道歉："对不起，对不起，司机不认路，耽误了时间。"

"啥？"刘经理一听这话诧异万分，"就怕你们不认路，我专门向上级请示派了辆警车，记下你们的车牌号，到公路入口处去接，难……难道你们没……没碰到？"

（段海斌）

（题图：安玉民）

选秘书

梁厂长刚上任,需要配个秘书,厂办公室的关主任立刻张罗开了。

关主任心里有个小算盘:如果我推荐的秘书成为厂长的心腹,那不就等于在厂长那里为自己留了一扇后门吗?所以他对这件事特别卖力。

没几天工夫,关主任就物色到两个人选,一个是小张,一个是小孙。两个人条件都差不多,到底选哪个呢?关主任决定找机会考查一下。正巧,厂里让关主任去郊县一家联营厂联系工作,关主任便通知小张和小孙与自己一同前往。

第二天一大早,小张就到关主任这里来报到了,可等来等去,就是不见小孙的人影,有人说,看到小孙早已经开车走了,关主任的脸顿时就黑了下来：这小子什么意思？做不做得成秘书还不知道哩，就想跑到我前面去？他心里一百个不爽，闷着头带着小张出发了。

联营厂在偏远的秀水县，路上要花费将近两个小时。路上的时间本来是最无聊的，可小张却很会利用，车子一开，就开始向关主任讨教业务问题，后来看主任精神不佳，便讲起了时下最流行的笑话来活跃气氛，最后看关主任靠在座位上打起了盹，便一再让司机把车开稳些，还把自己的外套脱下来，轻轻地盖在关主任的身上。

车子继续向前开着，关主任睡熟了，正做着梦呢，只听车子"吱——"一声突然刹住，停了下来。关主任惊醒了，睁开惺忪的睡眼，就看见小孙从前面三岔路口跑过来。

他顿时火气冲天，推开车门跳下去，指着小孙的鼻子就训斥起来："你小子什么意思，走了也不和我说一下，你眼睛里还有没有我这个老头子？"

小孙虽然跑得气喘吁吁，可说话却细声慢语："对不起，关主任，没提前和您说，您一定生气了。其实我一直有个习惯，如果跟随领导出门，那么这条路我一定要自己先走一下，这样可以做到心中有数。这是我给自己定下的一条工作原则，归结起来就是一句话——"

"什么话？"关主任气呼呼地瞪着小孙。

小孙恭恭敬敬地回答道："领导未行我先行，看看路面平不平。"

关主任鼻子一哼，说："这条路我走过多少回了，从来就没出过事！"

小孙说："关主任，可现在是汛期，昨晚又下过暴雨，早上起来我心里不托底，所以先出发一步来探路，果然前面有一段路面塌陷了，现在正在抢修。咱们绕道走吧，那条路我熟，虽然远点儿,但安全多了,还可以省了等修路的时间。关主任,您看——"

关主任这才注意到小孙满脸的汗水和满裤腿的泥迹,不由点头道:"也行,那你就在前边带路吧。"

一行人终于赶在午饭之前到了联营厂。联营厂的胡厂长赶紧把他们请到县城里最气派的野玫瑰大酒店,先在休息室落座。一转眼,关主任发现小孙又不见了,他按捺不住心里的好奇,走出去一看,果然在贵宾厅里发现了他,正指着一桌子美味佳肴在对服务员指手画脚。

看到关主任过来,小孙解释说:"关主任,我听你们办公室的人说你有胃病,血糖也比较高,所以我先来检查一下,看看这些菜是否合乎你的身体要求,有些我还尝了尝,看看是不是过咸。另外,我已经和厨师打过招呼了,让他们多为你准备一点青菜,还有你最爱吃的野菜馅饺子。"

"你……"关主任一听小孙这番安排,不由对这年轻人产生了好感,"看你年纪轻轻的,考虑问题倒挺周全。"

小孙脸上立刻闪过一丝笑意,谦虚地说:"其实,这也是我信奉的一条工作原则。也是一句话……"

"什么话?"

"领导未尝我先尝,看看饭菜好不好。"

关主任一听乐了:这年轻人,不简单啊!

这时,小孙又凑上来,压低嗓音对关主任耳语道:"还有一件事我也自作主张了,关主任,你可别批评我啊!我听说那个胡厂长是海量,所以我已经吩咐服务员了,让他们在你的酒杯里掺上矿泉水,等会儿你就一百个放心,尽管喝。"

小孙正说到这里,胡厂长带着一行人走了进来,于是宾主纷纷入座。胡厂长为尽地主之谊,频频向关主任举杯,关主任心里有底,手到杯干。结果没到席散,胡厂长就撑不住了,可关主任依旧面不改色,谈笑自若。大家都说,关主任原来是真人不露相啊！

　　烂醉如泥的胡厂长被抬走了,关主任神气活现地来到胡厂长事先为他们预定好了的客房,不但不觉得累,反倒精神更爽。只是,他发现那个小孙又不见了踪影。这小子,还有什么新花样? 关主任心里猜测着。

　　正在这时,客房门被推开了,小孙神采奕奕地走了进来。关主任跳起来道:"好你个小子,又去搞什么鬼名堂了?"

　　小孙笑嘻嘻地说:"刚才我看你和胡厂长拼酒果然占了上风,就偷偷溜回来先泡了一回澡。"

　　关主任伸手捅了小孙一拳,他现在已经把小孙当"自己人"了:"你小子古怪精灵,不会就这么简单吧? 准又有什么新点子了!"

　　小孙立刻夸张地叫起来:"关主任,你可真是慧眼如炬啊!"他解释说,"我猜想你坐车肯定累,中午这顿饭吃得也辛苦,这会儿如果有人能来给你按摩一下,一定特别解乏。所以我提前回来……我让服务员给你找两个出众的按摩小姐,现在就在门外等着呢! 你先看看满不满意,不行我就再去别的酒店找。"

　　关主任听得心花怒放:"小孙啊,泡澡找小姐,这又是你哪条工作原则啊?"

　　小孙回头看了看门口,压低了嗓音道:"一句话:领导未泡我先泡,看看小姐俏不俏。"

　　关主任先是愣了一下,接着便爆发出一串大笑,一直到笑出了眼泪,这才拍着小孙的肩膀夸奖道:"小孙啊小孙,我看你不但是个称职的秘书,简直就是一个活脱脱的孙行者嘛,简直都能钻到别人肚子里去了!"

　　从联营厂回来,关主任立刻向梁厂长推荐小孙,还把小孙在考查过程中的种种表现添油加醋地描绘了一番。他满以为会得到梁厂长的赞许,谁知梁厂长沉吟半晌,道:"老关,我看这个年轻人不适合当秘书,你还是让他回原来的部门吧,我要的是一个踏踏实实的人。"

关主任的如意算盘落了空,很不甘心,他觉得小孙是个人才,浪费了可惜,于是就把他留在自己身边当助理。两个人从此成了莫逆之交,经常在一起沆瀣一气,用公款挥霍潇洒。

可这样的日子持续了不到半年,小孙就因为贪污受贿挪用公款,被检察院逮捕了。厂里贴出了小孙被捕的通告,一大群工人都在看,议论纷纷。

关主任缩着脑袋,战战兢兢地从人群背后走过,有人看到他这副样子,朝他打趣道:"领导未捕你先捕,看看监狱苦不苦……"

眼下正是三伏天,可关主任的后脖颈却"嗖嗖"地直向外冒凉气。

(张　楚)

(题图:魏忠善)

阎王公断

　　杨三因犯故意杀人罪被判处死刑，押赴刑场执行枪决。随着一声枪响，他觉得整个身子像风筝似的晃晃悠悠飘了起来。

　　他飘啊飘，飘到了阴曹地府。这鬼地方他从没来过，觉得挺生疏，正在东张西望，突然冲出两个青面獠牙的小鬼，用绳子往他脖子上一套，拉起就走。杨三双手抓住绳子，喊道："哎哎，你们要干什么？"一个小鬼说："干什么？你在阳间犯下了弥天大罪，现在送你去下油锅！"杨三一听，吓得一下子瘫倒在地，连忙磕头求饶："你们听我说，我本来就死得冤枉，你们不为我伸冤，反要我去下油锅，这不是欺侮老实人吗？还请两位兄弟高抬贵手，放我一码吧……"说着放声大哭。两个小鬼都不吃这一套，说了声"别啰唆"，又拽着绳子要拉他走。杨三死死赖着不走，还大声喊叫:"冤枉,冤枉啊……"

他这一叫,惊动了正在批阅卷宗的阎王,当即下令将杨三押进大堂,喝令跪下,问:"你哇啦哇啦喊什么喊?""大老爷,我冤枉哪!"阎王眼一瞪:"你杀人抢劫,罪该万死,有啥冤枉?""大老爷,您只知其一,不知其二,表面上看,是我杀死了出租车司机刘五,其实是他害了我呀!"阎王听了暗暗吃惊。为啥?因为这刘五不是别人,正是他现在的小车司机。

如今的阴曹地府也已进入了高科技时代,判官以上的官员都配了大哥大和小轿车。这个刘五是半年前来到阴间的,当时考虑到他在阳间无辜遭人杀害,经过考察,开车技术也不错,于是,阎王就安排他为自己开小车。可现在杀人犯说是受被杀的人所害,难道内中另有蹊跷?这可不能马虎,定要查个水落石出。

阎王这样一想之后,当即拨了个电话,让刘五马上到堂。没过几分钟,刘五急匆匆赶到,问阎王:"老爷,您要用车?""不,"阎王指着杨三说,"这个人你认识吗?"刘五抬眼一望,见是杨三,那真是仇人相见,分外眼红,顿时怒从胸中起,扑上去要打。阎王喝道:"公堂之上,只准动口,不得动手!告诉你,刚才杨三告你,说他遭到枪毙是你所害。究竟是他杀你,还是你害他?你说!"刘五一听,气得两眼冒火:"老爷,您别听他胡说,他是恶人先告状,血口喷人!"杨三也不退让:"大老爷,您千万别听他的,我说的句句是真,没有半句假话!""老爷,您听我说……""大老爷,我……"

阎王桌子一拍:"都给我住嘴,谁是谁非,不凭喉咙响,我一测试就完全明白。刘五,你到那台电脑前面的椅子上坐好。"

你别说,现在阴间的高科技水平确实是够先进的。刘五一坐下,一个小鬼就拉出根电线,将电线上的两个圆圆的薄片,分别贴到刘五左右两边的太阳穴上。不一会儿,电脑荧光屏上便

和放电视一样,出现了如下的图像:

这天深夜,刘五开着出租车在市区兜圈子招客,突然,杨三挥手拦下了车子。刘五问:"去哪儿?"杨三说:"随便,兜兜风。"车子在杨三的指示下,穿过闹市,通过大桥,绕过经济开发区,来到了郊区。杨三说:"好,停车。"当刘五一踩刹车将车停下时,杨三猛地用一截电线勒住了刘五的脖子。刘五似乎有所防备,一伸手抓住了电线,于是两人就展开了你死我活的搏斗。他们从车上打到车下,翻过来覆过去,一会儿你压住我,一会儿我掐住你,打了个昏天黑地,却谁也制服不了谁。

突然,不远处传来几个人一齐唱歌的声音,这使两个人都吃了一惊,马上停止了搏斗。杨三心里想:要是他来个大声呼救,我岂不束手就擒,三十六计走为上,还是趁早跑。谁知他刚从地上爬起来,刘五不但没有呼救,反而说:"你要钱我给,只求你饶我一命。"说完,便解口袋掏钱。杨三先是一愣,接着又笑了笑,说:"好,不打不相识,就算我们开了次玩笑,从今后你我就是朋友,我也不要你的钱,只要你用车送我到原来上车的地方,你就开车走人。"刘五连连点头称好。于是,两人就像亲兄弟似的走到轿车跟前。可就在刘五往车子里钻的时候,杨三一把抱住他,举起匕首狠狠地扎进了他的胸膛,结果了他的性命。

阎王说:"杨三,你看见了吗? 这可是事实?""是事实。""那你为什么还要大喊冤枉?""大老爷,您想过没有? 当我们两人在地上翻滚时,不远处传来好几个人唱歌的声音,当时如果刘五大喊救命,会出现什么情况?""那些唱歌的人一定会赶来将你捉住,送派出所!""对呀,可他为什么不喊呢?""是呀,刘五,你为啥不喊救命呀?"刘五听阎王问他,忙说:"老爷,我怕杨三狗急跳墙害死我,所以不敢喊。"阎王笑笑:"噢,你是怕死,所以成了怕死鬼。"

杨三又说:"大老爷,就算刘五怕死不敢喊,那也不该在我要逃跑时向我求饶,还说给我钱。他应该让我跑,然后再追,边追边喊:'抓坏人呀!'那样,定会有警察或其他见义勇为的人将我抓住。大老爷,您想想,刘五当时照我说的任何一个办法去做,都不会遭受杀身之祸!我呢?因为没有杀死人,抓住了也只是判刑坐牢,不至于挨枪子。大老爷,您说说,这不是他害了我吗?"

阎王听完杨三这一席话后,禁不住点着头说:"你这样分析,倒也有几分道理。"杨三急忙趁热打铁:"大老爷,您真是明察秋毫!我杨三虽有冤枉,但既然已经死了,也就不想复活,只求您恩典,这下油锅的刑罚就免了吧?"

阎王毕竟是阎王,他把脸一沉,说:"刘五是刘五,你是你,你的罪孽深重,你不下油锅谁下?来呀,将他押下去!"几个小鬼一拥而上,将杨三拖走了。

阎王又对刘五说:"刘五啊刘五,若是天下的男子汉都像你一样,软弱无能,贪生怕死,那人间岂不邪恶当道,还有安宁的日子吗?来呀,将他重打五十大板!"刘五一听,连忙跪下求饶:"老爷,这可使不得,我要是挨过五十大板,还怎么给您开车?"阎王冷笑几声:"嘿嘿嘿,我还敢坐你开的车么?要是有一天碰上劫匪,你为了自己活命,还不把我给出卖了?现在我宣布:挨过五十大板之后,你下岗了,做你的怕死鬼去吧!"

（龙江河）

（题图:刘斌昆）

哭 笑 不 得

透过一扇窗子，人们可以看到很多东西。随着时日的变迁，人的思想就像泥土，被揉捏成不同的形状。

找关系

　　全球公司的包经理最近几年迷上了搞关系,他无论干什么,都要找关系、走后门。

　　一天,全球公司又遇到了财政困难,财务科长愁眉苦脸地对包经理说:"经理,我们公司下个月又发不出工资了! 银行的贷款也到期啦,账号上只剩下不到一百元钱了……"

　　包经理刚陪一个关系户喝完酒,他醉眼惺忪地打着饱嗝儿说:"你不要着急,我这就去找找关系,这点小事儿,好解决!"

　　包经理坐着那辆通过关系买来的林肯牌小轿车,首先来到了银行。

　　那里的一个"关系户"听包经理说明了来意后,十分为难地说:"你们单位这些年一直不见起色,行长已经下令,不准再给你们贷款了!"

包经理满不在乎地说:"不就是行长不同意嘛!咱们再找找关系,我不信他行长就没有几个关系好的铁哥们儿!"

这个关系户一听,立刻顺水推舟地说:"我给你写个条子,你去找我的一个朋友,他是我们行长的一个铁哥们儿,由他出面和行长一说,你的问题准能解决!"

包经理得意地说:"我就知道没有过不去的火焰山嘛!"

包经理拿着银行里这个朋友写的条子,找到了那个"行长的铁哥们儿"。

那人看了看包经理递上的条子,十分痛快地说:"我给你写个条子,你去找小赵,这个小姐儿神通可大了,她让行长趴着,行长都不敢站着!"

问题虽然没得到解决,包经理仍然信心十足,他相信凭他这些年在本市精心结下的一道道关系网,天大的问题也难不住自己。

包经理兴冲冲地拿着条子找到小赵的时候,这位年轻漂亮的小姐正在打电话。

包经理耐着性子,足足等了二十分钟,赵小姐才放下电话,极其优雅地点着一支香烟,悠悠地吸了一口,拿腔作势地问道:"你有事儿?"

包经理连忙递上条子,说:"请赵小姐帮忙!"

赵小姐眯缝着眼睛看了看,说:"对不起,我今天还有一个应酬,不能帮你的忙。我给你写个条子,你去找钱先生吧,他一定能办成这件事!"

赵小姐龙飞凤舞般的很快写好了条子,包经理高高兴兴地拿着赵小姐的条子,在一栋漂亮的小别墅里找到了钱先生。

钱先生正在陪几个朋友搓麻将,他又让包经理去找孙老板,据说孙老板是银行行长的亲舅舅!

包经理一听是这层关系,立刻信心十足地找上门去,这位行长的舅舅说:"我给你写个条子,你去找……"

就这样,包经理坐着林肯牌小轿车,拿着各个关系户写的条子,足足跑了大半个城,最后来到了冯先生的办公室。

这位冯先生不认识包经理,可是他们俩却像老朋友那样,彼此热烈地握住对方的手,说:"幸会,幸会!"一张张关系户写的条子,把他们俩紧紧地连在一起了!

冯先生说:"我给你介绍一个朋友的朋友,他在咱们这个城里路子最广了! 他看了我的这个条子,一定能帮你办成这件事!"

包经理接过条子一看,差一点没哭出声来:冯先生让包经理去找的那个朋友的朋友,竟然就是包经理本人!

（崔新三）

（题图:李　加）

进门都是客

　　阴历九月十八的庙会，是小镇居民的头等大事，庙会那天，谁家客人越多，谁家主人的脸上就越有面子。

　　这天又赶上庙会，肉铺老板阿黄家的客人就像流水似的，这拨儿来了那拨儿走，其中有阿黄的朋友，也有阿黄朋友的朋友，许多客人阿黄都瞧着脸儿生，但进门都是客，一律热情相待，阿黄虽然忙得脚不沾地，心里却是美滋滋的。

　　天擦黑时，客人们差不多都走光了，最后只剩下一个阿黄从来没见过的肥头大耳的家伙，也不知道他到底喝了多少酒，坐在那里摇摇晃晃的，还一个劲儿地要找人碰杯。

　　阿黄不好意思赶他走，只得耐着性子陪他。谁知到后来，那胖子干脆往桌上一趴，呼呼大睡，左喊右叫也不醒，这下阿黄急了,连忙给亲戚朋友们打电话,问谁家短了人。

可忙了半天,大家都说家里没这号胖子,阿黄又请左邻右舍来认领,他们看过后也都直摇头。

阿黄想,天这么晚了,不管他是哪家的客人,就让他在这里睡上一宿,等明天酒醒了,自然会开路走人。

没想到第二天太阳升起一竿子高了,那人还是不醒,任凭阿黄推呀晃呀,他就是没半点儿反应。这下阿黄挠了头,他听说有些人酒喝足后要大睡三天,酒劲儿才能泄。这可要了命,自己要出摊卖肉呀,把胖子留在家里显然不行,不了解他的底细,万一醒来后把东西卷走,哭都来不及。可不出摊在家守着吧,那损失多大!

眼看着日头高升,阿黄也是急中生智,冒出了一个主意,不如把胖子装在自己那辆搁肉的三轮车上一起转悠,既耽误不了生意,又能顺便让人认领。他说干就干,三下两下就拉着“人货混装”的三轮车出了门。

一上街,他就亮开了自己的大嗓门:“父老乡亲们!大家都来看一看、瞧一瞧啦,这是谁家的亲戚朋友?这是谁家的亲戚朋友?”

街上的人都围过来,说:“阿黄,今天咋改行卖人了?”

阿黄就把事情的前因后果讲了一遍,大家看了那个胖子,都说不认识。

有人不相信他说的话,上来就推,后来干脆揪头发、打耳光,可那胖子依然是呼噜声阵阵。

没办法,阿黄只得继续蹬着他在街上转悠。

到了晌午,阿黄饿得肚子咕咕直叫,他看到“仙客来”大饭店旁有家小饭铺,便把三轮车停在饭铺门外,自己进去吃了碗面,喝了点茶水。

吃饱喝足,阿黄从饭铺里出来,抬头一看,三轮车在,胖子却没影了。

阿黄一愣,心说:这么多人折腾了半天他也没醒,难道晒晒太阳就管事了? 转念一想,这样也好,总算丢掉一个包袱,再说一个大老爷们儿,也出不了什么岔子。

心理负担没了,阿黄的劲头也上来了,他蹬着三轮车,整个小镇前前后后绕了两大圈,临近傍晚时,终于把放在车板下的肉都卖完了。

阿黄轻快地蹬着三轮车往家赶,美滋滋地盘算着一天的收入。

走着走着,忽听得街另一头传来一阵阵吆喝:"这是谁家的亲戚朋友? 这是谁家的亲戚朋友?"

阿黄心中暗暗好笑:天底下竟有这么巧的事? 自己刚刚打发了一个酒鬼,那边又冒出一个! 他停下来想看个稀罕,等那辆写有"仙客来"三个大字的三轮车走近了,一看,车上躺着的不是别人,正是那个胖子!

阿黄脱口而出:"怎么又是这个家伙?"

拉三轮车的忙跳下车:"你认识他?"

阿黄说:"不,不认识。"

谁知旁边一个小贩泄了密:"这人一上午都坐在阿黄的三轮车里打盹呢!"

拉三轮车的一听,忙把胖子往阿黄的车上拖,嘴里还埋怨道:"你这个朋友也真是个人物,喝喜酒像拼命一样,在席上愣是灌进去一斤大曲!"

"慢着慢着,"阿黄听得满头雾水,连忙问道,"喝喜酒? 你没搞错吧? 他早上还醉得推也推不醒,哪里能去喝喜酒?"

拉三轮车的脖子一梗:"谁说的? 他刚进门那会儿精神着呢,也没人请他,自个儿坐下就喝! 结果醉成这个样,害得我拉着他满街招领。好啦,现在物归原主喽!"他不由分说,把胖子扔到阿黄车上就走。

　　看着呼呼大睡的胖子,阿黄真是气不打一处来:这家伙,简直成了甩不掉的臭狗屎啦!

　　忽然,他灵机一动,又把三轮拉回仙客来大饭店门口。这饭店晚上比白天更热闹,酒香四溢,人声鼎沸。还真神了,没过多久,只见那胖子突然就醒了,伸个懒腰,一骨碌从车上下来,然后肚子一挺就进饭店去了。阿黄哪敢久留,蹬着车飞一样逃回了家。

　　后来有小道消息说,那个胖子原来是邻乡一个工商所的干部,最近刚犯了错误,被撤了职,白吃白喝的机会没有了,就专门跑去人家的红白喜事席上蹭酒喝;至于那手不管睡多熟闻着酒味就能醒的特异功能,也是在工商所里练出来的……

　　　　　　　　　　　　　　　　　　　　　　（武爱民）

　　　　　　　　　　　　　　　　　　　　（题图:黄全昌）

狗娘养的

村主任金阿祥正在家中喝酒，寡妇金老太闯进来，一把鼻涕一把眼泪地向他哭诉，说她的两个儿子不肯养她。金阿祥一听，怒火顿起："不是已经调停好了，金龙、金虎轮流养你一个月吗？"

金老太说："一月我在金龙家住，二月在金虎家住，三月又该到金龙家了，可金龙说一月大，二月平，三月又是大，他说多养我好几天他吃亏了……"

金阿祥把手中的酒杯"砰"一下砸到桌子上，酒花溅了金老太一脸。他咬牙切齿地骂开了："哼，这一对宝货，真是狗娘养的，畜生！"金老太听着村长的怒骂，眼泪"哗哗"地流，她伤心地擦着泪，不声不响地走了。

金阿祥决定寻金龙、金虎算账，他一路直奔金家，把金龙、金虎叫到一起，破口大骂："你们这两个东西是人还是畜生？你们娘三十岁守寡，不但把你们养大成人，还给你们成家立业，现在她老了，你们不但不孝敬她，反而推来推去遗弃她。村里讲定你们一人一月轮流养，月份大小差那么几天你们又闹了，你们是人养的还是狗娘养的……"

金阿祥正骂得唾沫四溅，只听得村里有人叫："金老太投河了！"金阿祥一听更是火上浇油，"你们这两个逆种，竟逼得你们娘自杀，真正是狗娘养的畜生！"

骂罢，金阿祥一边往河边跑，一边摸出手机拨110。这种逆子，不惩罚不行。

到了河边，金阿祥见几个会水性的年轻人已经把金老太救起来了，村里的卫生员正在给她做人工呼吸。金阿祥叫着："要是金老太救不活，立即送金龙、金虎进监狱！"不一会，警察也来了，金阿祥把情况一五一十地说完后，再三要求警方要对金龙、金虎这两个不肖之子加重处理。

警察在本子上一一记着。这时候卫生员跑来说："村长，金老太醒了。""太好了！"金阿祥对警察说，"让金老太自己说吧，证据就更充分了。"

金阿祥带警察来到金老太身边，金老太一见金阿祥，伤心地放声大哭起来："村长，两个不孝儿子我已经伤透了心，你骂我狗娘才养了两个畜生儿子，我自作自受，我哪有脸再活在世上哇……"

"什么？我骂你？"金阿祥听得目瞪口呆，自己明明是在骂他那两个畜生儿子，怎么金老太会认为是在骂她呢？警察弄明了事情真相，又好气又好笑，对金阿祥说："村长，金家兄弟遗弃老人，应该受到谴责，可你的粗话差点送了老太一条人命，你也要吸取教训呀！"

(张长公)

(题图:魏忠善)

我是你老子

牛德生当上局长后，就很少下乡看望父母大人了，二老也难得到儿子家住住，两地有七八十里路，平常联系不方便，一旦碰到急事情，老人就得赶五六里路，跑到镇上打电话。

这天早上八点多钟，牛局长刚到办公室，电话就响了。女秘书赶紧拿起话筒，只听对方说道："麻烦你，请牛娃接电话！"电话是牛局长父亲打来的，老伴昨夜去世，他特地起了个大早，赶到镇上打电话通知儿子，由于家里没人接，他就把电话打到儿子办公室来了。

"牛娃"是牛局长的乳名，女秘书当然不知道，愣了片刻，说："我们这里没这人！""啪"地将电话搁下了。

牛局长父亲不禁纳闷起来：儿子不是一局之长吗，怎么会没有这个人？他想，老伴去世了，是件大事情，做儿子的不知道不行啊！这下他着起急来，习惯地摸起后脑勺，突然，灵光一现：现在单位里不都作兴称官职吗？不妨找"牛局长"试试，提起电话又拨了一次，接电话的仍是刚才的女秘书："喂，找哪位？""请问牛局长在不在？"老人故意把声音拖得很慢。"等一下，我看看。"女秘书放下电话，就去给牛局长传电话。牛局长一听是找"牛局长"的，以为又是拉广告一类的麻烦事，于是就对女秘书说："就说我在开会，等会再打！"女秘书拿起电话，回了句"牛局长在开会，等会再打"，就把电话挂断了。

牛局长父亲当然不知道儿子为何不接电话，只好等了一会又将电话拨过去，接电话的仍是那个女的。"请找牛德生接电话！"牛局长父亲心里一急，就在电话里直接叫起了儿子的名字。女秘书一听这种口气，知道这人肯定和局长关系不一般，赶紧过去传话，牛局长一听是找"牛德生"，认为不是同学就是亲戚求自己帮忙，赶紧将手一摆，非常干脆地说："就说我不在。"女秘书明白了局长的意思，过来搪塞几下，就挂机了。

牛局长父亲这下肺都给气炸了：刚才明明还在，怎么一会又说不在？狗日的还给老子玩花样？他这时倒不急了，憋着性子，分析儿子不接电话的原因，想下一步该如何让儿子接电话，忽然他想起以前在儿子家里看到的一个镜头，不觉计上心头，重新将电话拨过去："喂，请叫小牛接电话！"

女秘书一听"小牛"，马上就跑到局长身边；牛局长一听"小牛"，立即放下手中的工作，三步两步奔到电话机旁，恭恭敬敬地拿起话筒："喂，请问是哪位领导……"

话音未落，话筒那边就传来他父亲的咆哮声："领导个屁！龟儿子，我是你老子，你娘昨晚死了！"

（郭　炜）

（题图：李　加）

谁比谁厉害

李四是个名人，他走到哪里，记者就跟到哪里，总想从他身上挖出点爆炸新闻。

这天，他到一个大城市演出，刚下飞机就被记者包围，一个小报记者把话筒递到他面前，问："你对本地的三陪小姐有什么看法？"

李四知道那记者不怀好意，于是耍了个小聪明，反问他说："这里还有三陪小姐吗？"

谁知第二天，那张小报头条新闻的标题是：千里迢迢，李四今日飞抵本地；心急火燎，脱口便问三陪小姐！李四叫苦不迭。

过了两天，又是这张小报，一个记者采访李四："李四先生，你对本地的三陪小姐有什么看法？"

这次李四学乖了,说:"我对本地的三陪小姐不感兴趣。"

第二天报纸又出来了,标题是:见多识广,李四夜间娱乐要求高;不屑一顾,本地三陪小姐遭冷遇!

过了两天,记者再问,李四一咬牙,干脆地回答:"我对三陪根本不感兴趣!"他以为这下可以太平了,可第二天报纸上的标题居然更不像话:欲海无边,李四三陪已难满足;得寸进尺,四陪五陪才能过瘾!文章里还有一首打油诗:革命小酒天天醉,李四要泡夜总会;一个姑娘嫌太少,两个美眉才开胃;跑遍东西南北中,认识的小姐排成队!

过了两天,这记者又来了,这回李四不吭声,干脆什么都不说,不理他们。结果报纸还是出来了,标题是这样的:面对三陪问题,李四无言以对!

李四被逼急了:"你们要敢再问三陪问题,我告你们!"

结果第二天报上的标题是:李四一怒为三陪!

李四实在忍无可忍,请了律师,一纸诉状告到法庭,以为这样记者们就得收敛。谁知还没开庭,那小报上竟出现了这样的标题:法庭将公开审理李四三陪小姐案!

(仁 和)

(题图:李 加)

神手卖鼠皮

　　李家沟村老鼠多，家家户户的土窑洞里，老鼠挖窟窿打洞，啃箱子咬柜，全村人都被坑苦了。就在这时，有个外号叫"贼眼"的，开始定期到村里来收鼠皮，这一下李家沟的人可乐了。

　　贼眼收鼠皮分为五个等级，一等每张 10 元，二等每张 8 元，每差一等减 2 元。村里人卖的鼠皮每次都是四等，一张 4 元，而唯独村主任媳妇卖的，回回都是二等。

　　村里有个年轻人，低矮黑瘦，身手敏捷，脑瓜活络，不论白天晚上，老鼠只要出洞，他准能逮住，人称"神手"，可为何村主任媳妇卖的老鼠皮比别家的贵一倍，神手不解。这天，神手卖完鼠皮，瞅瞅四下没人，便问贼眼："同是一个村的老鼠，价钱咋差这么大？你收老鼠皮还要看村主任的面子？"

贼眼"嘿嘿"一笑,低声说道:"生意人看货不看脸,收鼠皮看毛不看官。"他说着拿出两张鼠皮,一张是村主任家的,一张是神手的,"你自己对着太阳看看,再用手摸摸。"神手举起老鼠皮一瞧,村主任家的果然润泽光亮,自己的那张老鼠皮干枯暗淡;再一摸,前者滑溜油腻,后者粗糙刺手。神手服了!

琢磨了几天,神手想了个绝招,他把一两小磨香油抹在十张鼠皮上,又用一块软布反复摩擦,直擦得那鼠皮油光闪亮。他想,这回可要卖个好价钱啦!谁知第二天卖鼠皮,贼眼却给了个最低等,每张2元。看着满脸怒气的神手,贼眼说:"老弟息怒,鼠皮毛色的好坏,是老鼠平时吃东西吃出来的,不是作假作出来的。"他举例说,比如两个人,一个吃鱼吃肉,一个吃糠咽菜,面色能一样吗?贼眼说得头头是道,神手红着脸走了。

过了几天,贼眼又来收鼠皮,这回村里人全都大吃一惊:神手的十张都是一等,卖了100元!有人偷偷问神手咋回事儿,神手笑而不答。

又过了几天,贼眼又来收鼠皮,这次更奇怪,在神手的十几张鼠皮中,别的都是四等,单单有一张,贼眼破天荒地定为特等,给了20元。一张鼠皮竟卖20元?村主任的媳妇觉得其中必定有诈,晚上,她把这事告诉了村主任,村主任听了没吭声,过了一会儿才说:"他没作假。"

"没作假?那咋能一次比一次卖得贵?"

村主任如实相告:"上次那十只老鼠,是神手在乡政府食堂捉的。"

"那今天的呢?"

村主任说:"乡长家有只老鼠,好几年了就是捉不住,是我昨天让神手去捉的。"

(王道庄)

(题图:李 加)

亲笔的尴尬

　　县文化馆的徐老师虽说在本地是个名人，可他有个毛病，那就是写的字特别丑。

　　徐老师觉得自己没救了，就把希望寄托在下一代身上，从女儿十岁起，便买来各种字帖让她临摹。有道是"功夫不负有心人"，数年之后，他女儿写得一手娟秀的行书。

　　为了充分发挥女儿的特长，徐老师便叫女儿帮他抄写文稿，甚至连书信也是让女儿誊抄了之后再发出去。有一次，徐老师的一个书法家协会的朋友看到他的文稿，不知道这是徐老师女儿的笔迹，还以为自己发现了"新大陆"，非拉徐老师参加他们的书法家协会不可。不过也甭说，这以后，徐老师在书法家协会着实风光了好几年。

　　但是最近,徐老师为一件事情犯了愁。

　　什么事?他侄子的事。徐老师的侄子从技校毕业好多天了,迟迟未联系到接收单位,徐老师相帮着想办法,后来终于打听到有位朋友在一家公司做秘书工作,于是就找上门去。那个朋友挺爽快,一口答应帮忙,叫徐老师先给他们老板写封信说明情况,他再从中使劲。

　　徐老师不敢怠慢,回来后精心构思,写了一封信,自觉言辞恳切,用语考究。他正想叫女儿照老规矩誊抄一遍,老婆见了,拦住说:"这次事关重大,你得亲自出马。"徐老师一想:老婆的话有道理,是呀,这么重要的事,怎么能让孩子代笔?于是他亲自动手,仔仔细细地把信又重新看过,修改了一遍,然后工工整整地誊抄了,送到朋友那里。

　　谁知一个月后,那个朋友来找他,一脸沮丧地对他说:"这事砸了!"

　　徐老师大为惊诧,忙问原因。

　　朋友叹了口气,埋怨说:"这信你为什么不自己亲笔写呀?我们老板说你架子太大。你也真是的,要人家办这么大的事,也随便支个娃儿代你写信。"

　　徐老师赶紧声明,这信确实是他自己亲手写的。

　　朋友惊讶地说:"不可能吧?你在书法家协会的名气这么响,你骗谁呀!这字放哪儿人家都不会相信是你写的!"

(黄少烽)

(题图:李　加)

头一回碰上

　　某省发生一起命案，一个杀人嫌犯畏罪潜逃，公安部门迅速向全国发出 A 级通缉令。

　　有个小镇地处三省交界，虽说地盘很小，全镇只有三四百户居民，但因地理位置特殊，被列为嫌犯可能逃窜落脚的重点地段。

　　小镇派出所根据上级指示，连夜将印有嫌犯头像的通缉令张贴到大街小巷，希望居民们发现线索及时举报。

　　但蹊跷的是，第二天上午，这些张贴出去的通缉令就不见了踪影。

　　这算怎么回事？

　　大家七嘴八舌一分析：会不会是因为当时贴得太匆忙，半夜里刮过大风,被风吹掉了?于是所长命令大家立即重新补贴,还亲自动手,特地在糨糊里掺进强力胶。这下不要说刮大风吹不走,就是下暴雨也冲不掉啦!

可奇怪的是,第二天早上一看,这些重新贴上去的通缉令居然又没了影子,而且粘贴处明显有用刀具撕刮过的痕迹。毫无疑问,这肯定是有人故意而为。

事态立刻变得严重起来。

所长一面向上级领导汇报案情,一面发动全体警员上街,再次把通缉令张贴出去。当夜,所长还在小镇所有地段布下暗哨,命令警员们在各自岗位上严防死守。

一夜无动静。

直到天快亮的时候,突然,一个巷子里蹿出个瘦高个,握着刀,猫着腰,蹿一步瞄三瞄,每蹿到一张通缉令前,四下一阵探望之后,就站直身子,非常熟练地伸手去撕刮,动作之快,令在这里蹲守的警员咋舌不已。

所长接到警员报告立刻赶了过来,一声令下,警员们扑上去将他当场扭获。

一看,竟是小镇上出名的小聪明阿三。

"你想干什么?"所长一声怒吼,"你和嫌犯是什么关系?说!"

"冤枉啊!"阿三立即大呼小叫起来,"我跟嫌犯不沾边啊!真的不沾边啊!"

"那你为什么要撕它?"

"我……我……"阿三低着头说,"我想帮你们啊!"

"帮我们?"

一个警员狠狠瞪了阿三一眼,对所长说:"所长,别跟他啰唆,咱们把他带回所里去好好审审,说不定这回可以立大功啦!"

"我的妈呀!"阿三一听这话,吓得腿都软了,抱着脑袋赖在地上不肯走,"你们饶了我吧,我真的是想帮你们,真的是想帮你们啊!"

"那你老实说,到底是怎么回事?"

阿三这才抬起头,吞吞吐吐地说:"你们……你们不是说举报有奖金拿的吗? 我不想让这笔钱落到别人手里,我……我不想这个嫌犯先被别人认出来……"

"你……"所长一听,哭笑不得,"可……可有你这么干的吗?"

说实话,这样的作案,还真是头一回碰上!

(郁林兴)

(题图:李　加)

去香格里拉吃饭

　　这天晚上临睡前，阿皮接到一个电话，对方声音很大，气粗得很："阿皮，我是四眼呀。"

　　阿皮挺意外："你小子不是去南方了吗？什么时候回来了？"

　　"刚回来，明天晚上咱们这些老朋友聚一聚吧，我请客，你有时间吗？"

　　锣鼓听音，说话听声，阿皮一听四眼那口气，就明白这小子准是发大财了，这是衣锦还乡来了，心里不由又羡慕又嫉妒，酸溜溜地问道："到哪里聚？"

　　四眼说："明晚六点，我在香格里拉大酒店门口等你们，咱们明天见。"

　　那边都放下电话半天了，阿皮还手握电话，两眼发直，张口结舌。老婆见他这个样子半天没动弹，伸手捅了他一下："你傻了？发什么呆！"

阿皮这才回过神来，喘了口长气，怅然说道："他妈的，看来四眼这小子是真发了。当初，他还不如咱呢！"他把四眼要在香格里拉请客的事情跟老婆说了。

老婆一听激动起来，小姑娘似的叫道："哇噻，香格里拉大酒店！"欢呼完毕，马上表示，秃子跟着月亮走，明天她也要借光跟着去见识一下，什么叫做五星级大酒店。

阿皮刚想反对，老婆抢先发难，埋怨道："想当年，四眼这小子也追过我，我咋就瞎了眼，非要嫁给你这个人孬货软的家伙？看看你，要钱没钱，要权没权，吃顿饭还要死乞白赖地跟着别人沾光，我要是嫁给……"

如果任由老婆啰唆，只怕明天早上也打不住。阿皮受不了，赶紧打断她："行了，行了，明天带上你就是了。反正是吃大户，不吃白不吃。"

老婆这才高兴了，像打了一针兴奋剂似的，马上觉也不睡了，从床上爬起来，开始翻箱倒柜找衣服往身上倒腾。"你说，我穿哪件好呢？"老婆的样子很苦恼。

阿皮以为她是征询自己意见，就瞅瞅柜子说："那件淡蓝色的外套就很好嘛，挺雅致。"

"呸，亏你说得出口！"老婆杏眼圆睁，"你没吃过猪肉，还没见过猪跑？咱虽然没去过那种地方，可你总看过电视剧吧？出入这种高级酒店的女人，哪一个不是穿套裙、礼服的？我这个样子进去，人家不以为是要饭的才怪呢！"

阿皮吓了一跳，他算是听明白了：老婆是想买礼服呀！想起老婆刚才那番发难的话，只好咬咬牙："难得出去吃顿饭。买！明天你去买套裙。"

可是第二天，当老婆真把套裙买回来，阿皮就为自己昨晚的冲动后悔了:乖乖,一件套裙九百八,一个月的工资全搭进去了,简直是割身上的肉啊!他心疼得中午饭都没吃下去。

傍晚,阿皮两口子终于衣冠楚楚地出了门。邻居们看到两人的光辉形象,眼睛都瞪直了。奇怪呀!隔壁的王二妈嘀咕道:"这小两口,今天是咋回事?莫非去补拍结婚照?"阿皮听到了,马上大声解释:"我们不是去照相,是去'香格里拉'吃饭。"顿时,激起周围一片"啧啧"声,邻居们羡慕的目光一直随着阿皮两口子的身影消失在胡同口的尽头。

自行车自然是不能骑了,那有损形象。阿皮出了胡同口,正想招手叫车呢,一辆出租车主动停在了他们的面前,司机探出头来,恭敬地问道:"老板,到哪里去?"阿皮头一昂:"香格里拉!"

一刻钟之后,出租车稳稳地在香格里拉大酒店金碧辉煌的大门前停了下来,制服笔挺的迎宾先生立刻快步过来,拉开车门,向他们鞠躬致意:"欢迎光临!"阿皮学着电视剧里先生们的样子,神气活现地下了车,可是眼睛四下一扫,发现根本就没有四眼的影子。他心里有些发慌,正不知如何是好,只见迎宾先生向他们做了个"请"的姿势:"先生,里面请。"阿皮定定神,心想:不如先进去再说,说不定四眼在里面等着呢。于是,老婆挽起他的胳膊,两人端着架子就要登堂入室。

就在这一瞬间,身后有人喊他:"阿皮。"他回头一看,离酒店大门不远的地方,四眼正冲自己招手,他心里一喜,赶紧拉着老婆迎了过去。

四眼的模样还跟以前一样,还是瘦瘦的,不怎么修边幅,身上还穿着一件脏兮兮的破马甲。阿皮看他这身行头,不由暗暗皱眉:就这个样子,还到香格里拉吃饭?也太随便了吧?

两人寒暄一番,四眼上下打量打量阿皮,又看看阿皮老婆,羡慕地问:"阿皮,你们穿得这么正式,是要到香格里拉去吃饭吧?"

阿皮一瞪眼："明知故问，不是你要请客吗？"

四眼闻听一愣，挠挠头，突然大笑起来："阿皮呀，我是说咱们在香格里拉门口见面，我没说要在里面请客呀。你瞧你们穿的，跟赴国宴似的，哈哈，笑死我了！你们怎么也不想想，就是把我连肉带骨头都卖了，在这里面也请不起客呀！"

阿皮跟老婆面面相觑，心里那个尴尬呀，就甭提了。阿皮想要发火，因为他马上想到了老婆买套裙花去的那九百八，这钱花得真冤呢。

不过，他又一想：原来四眼这小子没发财呀，我还以为从南方回来的就是款爷呢。他心里找到了平衡，马上原谅了四眼，笑骂道："你小子，白去了一趟南方，算了，还是等将来我请你进香格里拉吃大餐吧。你说，今晚去哪里？"

四眼愁眉苦脸地说："南方也不是好混的，我就是混不下去了才回来的。哥们，你先别着急，过会儿等二宝、大傻他们几个都来了，咱们去左边胡同里的辣妹子川菜小吃店，那里挺实惠的。"

阿皮一听，真是哭笑不得。

正在这时候，又一辆出租车驶来，在香格里拉大酒店门口停了下来，车门一开，昂首挺胸下来几个人，正是二宝、大傻他们，身边还跟着各自的老婆，同阿皮两口子一样，那哥几个个个衣冠整齐，大傻的脖子上甚至还像模像样地系着蝴蝶领结呢……

看着他们这副神气活现的样子，阿皮乐了，就连一直板着脸的阿皮老婆，也忍不住"扑哧"一声笑了出来。

（黄　胜）

（题图：李　加）

感动观众

　　电视台的王牌主持人小西正在为策划春节晚会的节目发愁，这天下班回家路上，突然发现路边电话亭里，一个女孩子正在边哭边打电话。这女孩一看就是从乡下来城里打工的，年龄不过十八九岁，小西情不自禁地站定下来。

　　只听女孩对着电话那端哽咽着："妈，今年春节我回不去了，你一个人在家，要是寂寞了，就多往乡亲们家里走动走动，别舍不得买肉吃……妈，我想你。"看着这女孩泪流满面的样子，小西脑子里灵光一闪，跳出了一个绝妙的节目点子。

　　待女孩挂了电话，小西立即上前和女孩打招呼，问她叫什么名字，在哪里工作。女孩一眼就认出小西，当即破涕为笑，惊喜万分地喊道："小西老师，你真的就是电视里的小西老师？我最爱看你主持的节目了！我叫李芳，在三农服务城建筑工地打工。我是做饭的，管大家的伙食。"

小西轻轻一笑，说："我路过这里，听你打电话，好像说春节不回家？为什么呀？"李芳的脸顿时阴郁下来，嗫嚅道："我……我没有回家的路费。"此刻，小西脑子里已经为自己新跳出的点子具体策划起来，他启发李芳说，"你就不能说一个让人觉得你很伟大的理由？"李芳被小西的话逗乐了，调皮地眨巴一下眼睛，说："当然有啊！工地上任务紧，很多民工都不能回家，我是做饭的，我回家了，大家吃啥？"

小西一听，乐得哈哈大笑，他发现李芳脑子反应很快，说出的话也上得台面，分明是上电视的料，于是便详细了解了李芳的情况和老家住址，然后给了她一张春晚的入场券，让她除夕夜去电视台，现场观看春晚的演出。小西没说到时候想请李芳一起做节目的事，他脑子里策划的这个节目是要感情的自然流露，早说了，他怕影响效果。

接下来的一段时间，小西开始字斟句酌地设计自己的台词，挑选音乐。到了腊月二十八那天，小西专门让人去李芳千里之外的乡下，把她妈妈给接了过来。他策划的节目就是要让这对母女在春晚的舞台上惊喜相见，把晚会气氛推向高潮。

李芳的妈妈六十多岁了，身体一直不好，满脸菜色，瘦弱不堪，被接来之后，见到小西就急着要见女儿。小西为了能成功营造出春晚现场的轰动效应，就婉转地对她说："老人家，你放心，我们一定会让你见到女儿的，但不是现在，得等到除夕夜。""为什么要等到除夕夜？"老太太焦急起来，"是不是我女儿出啥事了？要不，你们怎么会用飞机把我接来，接来了又不让我见她？"老太太一边说，一边眼泪就滚了下来。也难怪，女儿要是好好的什么事也没有，人家干吗要花钱请她坐飞机？去年，村里当兵的蛋子部队上来人，接蛋子的父母坐飞机去部队，结果是因为蛋子在抗洪抢险中牺牲了。

小西知道老太太误会了，解释说："老人家，你女儿好好的，真的啥事也没有。因为我们要做一个节目，所以必须等到大年夜才能让你们见面，为的是要拍你们见面时那种激动和高兴的情景。你们要早见了面，这效果就没有了。"

可老太太还是不乐意："你胡说！我啥时候见到女儿都高兴，见一百次高兴一百次！"小西解释了半天，老太太就是不理解他的意图，没办法，小西只得先带她到宾馆住下，还专门让工作人员盯着，不让她乱跑。可他刚回到台里，工作人员的电话就一个一个来了，都是汇报说老太太吵着要见女儿。小西火了："你们就不会解释吗？给老太太说清楚，一定要她顾全大局，这是做节目的需要。"

好不容易到除夕这天了，晚饭过后，工作人员将老太太带到电视台春晚会场后台的休息室里候场，这时，李芳早已坐在春晚的会场里了。小西把李芳叫到后台，拍拍她的肩说："进电视台还是第一次吧？"李芳兴奋地点点头。小西接着就"直奔主题"启发李芳："别紧张，今天会场里不少人都和你一样，都是普通劳动者。你对你们正在建设的三农服务城的意义知道多少？这是市政府专门为服务农民兄弟而设立的项目，它建成了，就……"没等小西说完，李芳立刻接口道："小西老师，我知道，那里建成了，以后将是农药、化肥、种子的正规销售点，是水果蔬菜的中转站，可以直接为农民提供最好的服务。"小西本来是想提前给李芳灌输一点东西，好让她等一会儿讲话时能跟上自己的思路，现在看来这丫头什么都懂，他满意地连连点头："你都知道，那我就不多说了……"

谁知他们说话的角落旁边就是后台休息室，李芳的声音传进休息室里，老太太听到了，顿时就嚷嚷起来："芳芳？这不是我家芳芳么？"李芳在外面也一愣："谁呀？声音怎么像我妈？"这会儿可不能让她们母女见面！小西吓得赶紧拉着李芳的手就走，一边走一边哄她:"那是演员在里面排戏呢。"

说话间,春晚很快就开始了!热热闹闹的节目过后,该小西上场了。小西西装革履,手执话筒,站在聚光灯下,深情地说:"在这除夕之夜,在这合家团聚的欢乐时刻,我们周围却有一些人因为种种原因,不能回家与亲人相见。现在就让我们来听一听,听听这些远离亲人的人们此刻的心声……"现场一片寂静,那是酝酿感情的开始。

小西手执话筒向观众席上的李芳走来。"姑娘,请问你叫什么名字?你是哪里人?为什么不回家过年?"他一个问题接一个问题地问,李芳一个问题接一个问题地答,李芳果然答得非常出色,小西的主持也饱含激情。一套说词之后,该来点掏心话进一步感动观众了,小西用煽情的语气问李芳:"虽然你因为工作原因回不了家,但你还是想家的,对不对?""是的,想。"李芳说了实话。小西用发颤的声音说:"我认识李芳,是在她给她家里打电话的时候,她哭着对电话那端说:'妈,我回不去了,你要……妈,我想你。'"他再现了当时的情景,他的回忆让李芳回到了当时给妈妈打电话的那一刻,李芳的眼眶湿了。

"李芳,此时此刻,你最想谁?谈起过年,你脑子里出现最多的镜头是什么?"

"我最想我妈。想到往年过年时与她一起包饺子的情景,她……"李芳说着说着,眼泪终于滚了下来。

现场不少观众,一起跟着流泪。

"如果这会儿,让你对你妈妈说句话,你最想说什么?"

"我……我最想说,妈,女儿对不起你,大过年的,我都没回去看你。"李芳哽咽起来,"妈,你别苦了自己,要多买点肉,多买点想吃的东西。"

现场唏嘘一片。

好了,现在是该给大家惊喜的一刻了。小西也完全进入了状态,泪光闪闪地问:"李芳,你想不想见到你的妈妈?"

"想,当然想!"

"那好!"小西做了个手势,会场里立刻响起了他特意组织制作的催泪配乐,"请你回头,看看谁来了?"

聚光灯打在后台的出口,这时该李芳妈妈上场了,不难想象她们母女突然相逢时的惊喜,摄影师也调好了镜头,按照事先安排,小西这时还要向大家介绍台里如何请来这位打工妹的母亲等等。但是此时他没法开口,因为聚光灯下走出来的不是李芳的妈妈,而是一位歌星。

这时,小西耳朵里戴着的接听器里响起了台长的声音:"你报幕,让演员唱一首《妈妈的爱》,把刚才的节目结束掉,你赶快到后台来!"小西心里一惊,不知道节目内容为什么会临时改变,他强装笑容报完幕,立刻匆匆向后台走去。

一到后台休息室,他愣住了,只见李芳的妈妈躺在那里,几个工作人员正手忙脚乱地将她往担架上抬。"怎么回事?"他分开众人,扑了上去。一个工作人员告诉他:"老太太说她听到女儿声音了,非要撞门出去见女儿,我们按照你的吩咐,没敢让她出来,哪知道这老太太性子烈,竟撞碎玻璃要从窗口爬出来……"

工作人员正说着,老太太睁开了眼睛,挣扎着就想坐起来,又哭又闹:"芳芳,我的芳芳,我明明听到她说话声音了,你们为什么不让我见她?"老太太说着,一口气没缓上来,又晕了过去……

目送着老太太被抬走的远去的担架,小西不由嘀咕了一句:"这老人家,也太沉不住气了。"他话声刚落,就发现旁边有人狠狠瞪了他一眼:"要这样折腾你,你能沉得住气? 什么感动观众,纯粹是为自己作秀!"

小西顿时愣住了,站在那里很久很久:难道是我错了?

(方冠晴)

(题图:安玉民)

路见不平

刘大嫂做完中班回家，发现楼道里的灯坏了，她只好摸黑上楼。

刚走到自家门口，掏出钥匙要开门，谁知这时候门却自动开了，一个男人从里面冲出来，正好和刘大嫂撞在一起。刘大嫂知道撞上来的男人肯定不是自己老公，拉开嗓门就喊："捉小偷啊！"可是话刚出口，眼前一道寒光闪过，刘大嫂心里一惊：这男人手里有刀！

正在这生死关头，猛地响起一声霹雳似的吼声："靠！"男人吓得一哆嗦，手里的刀掉在了地上，他立刻返身逃进刘大嫂家，从阳台上跳下去，拔脚逃走了。

几乎是与此同时，喊"靠"的英雄从楼底下摸黑上来了。刘大嫂借着楼道窗外照进来的月光一看,这英雄是住在四楼的大林,连忙不迭声地道谢。

这时候,被惊醒了的邻居们纷纷从各自家里走出来,他们围上来听刘大嫂把前后事情一说,立刻把大林好一阵夸:"骂人就该这样骂嘛!"

从此,大林楼里楼外名声很响,大林的老婆小青更是激动万分。小青平时老嫌大林没有男子汉气概,这回才知道,原来自己每天都在与英雄共眠。

这天深夜,大林和小青从亲戚家回来,快到楼门口时,忽然看见有个黑影,正蹑手蹑脚地顺着楼墙外的水管往上爬。又是一个小偷!小青下意识地张嘴就要喊,谁知大林一把捂住她的嘴,生生地硬把她拖回家,直到进门才松手。

小青气恼地说:"你怎么不做英雄了?你没看见那个小偷?"

大林神情紧张地说:"这种事能喊么?谁知道他身上有没有刀!"

小青简直不敢相信大林会说出这种话来:"你上次救刘嫂的胆气到哪儿去了?"

大林头一低:"那天是因为和弟兄们多喝了点酒,回来看楼道里漆黑一片,灯也开不亮,就骂出声来,心里一火,喉咙自然就响了……"

(宾 炜)

(题图:顾子易)

自 作 自 受

罪恶是决不会停滞不发展的。一切的罪恶最初都是微不足道的,由于相习成风,最后便不可收拾了。

爱情攻势

　　珍女谈朋友千挑万拣花了眼,如今三十出头了却还是名花无主,她心里难免就有些发急。

　　这一天,珍女得到一个消息,自己原先的男朋友赵磊至今仍未结婚,而且还帮他爹搞成了出国护照和签证。

　　想当初,珍女与赵磊谈朋友,对她吸引力最大的,是赵磊有个姑姑在美国,而且那时赵磊爹正忙着准备到美国去探亲。珍女原以为只要赵磊爹出去了,那么他们跨出国门的日子也不会远了,却不料赵磊爹几次签证都未能获准,珍女的心便冷了下来。想不到山不转水转,只不过两年辰光,倔老头到底还是把签证给办了!

　　珍女心里掀起了滔天巨浪:赵磊为啥至今还没找对象,莫非他对我还割舍不下？若真是这样，可真是苍天有眼哪！事不宜迟，珍女立即给赵磊拨了个电话。

"喂，谁呀？"话筒那一头传来久违而又熟悉的声音。

珍女娇滴滴地开口道："分手才两年，你就真把我给忘了？"

"啊，是珍女。"赵磊听出了珍女的声音，"什么事啊？"

"我想见你！"

赵磊沉吟片刻，说："好吧，约个时间。"

"不，我要立刻见你。"

"这……什么事啊，这么急？你现在在哪儿？我就去。"

"还是上你家吧，你等着，我马上就来。"不等赵磊回话，珍女"啪"一声挂断了电话。

仅过了十多分钟，珍女就跨进了赵磊家的小院。她一见到赵磊，泪水纷飞地喊了声："磊，你好狠心啊！"便一头扑进了他的怀中，两只小拳头擂鼓似的砸在赵磊那宽厚的胸膛上。赵磊一时手足无措，吃不准珍女找他到底是怎么回事，可是再往下，事情就明朗化了。长话短说吧，在珍女凌厉的爱情攻势下，英雄不敌美人关，不到一个小时，珍女就完成了从少女到少妇的重大转折。

珍女带着一种"我已经是你的人了"的满足神情，小鸟依人般的拱了拱赵磊的胸膛："今天一吃过早饭，我就给你打电话，老没人接，你上哪去了？"

赵磊眨眨眼睛："给我爹搞护照和签证去了。"

"到手了吗？"

"当然到手了。"

"让我见识见识，开开洋荤好吗？"

"行。"赵磊翻身下床，从写字台上的提包里掏出两只绛红色的折儿，递给珍女。

珍女如获珍宝，仔细端详，只见护照上赵磊爹的照片右下角,果然盖着美利坚合众国的大印章。不过珍女有点小小的不明白,问赵磊:"这护照和签证怎么连个塑料壳儿也没有呀?"

赵磊咧嘴一笑:"这你就外行了,塑料壳儿不好烧啊。"

珍女心里一惊:"烧它干吗?"

赵磊瞥她一眼:"如果不烧掉,我爹哪能收到呢?"

珍女顿觉不妙,结结巴巴地问:"你爹他、他……"

赵磊叹了口气,说:"我爹去年就过世了。前几天,我听说城东的鬼市不仅卖纸扎的彩电冰箱空调,还有出国护照和签证,我赶紧去买了一份。明天是爹的忌日,烧给他,好歹了却他生前的心愿……"

赵磊说着说着,突然发现珍女的眼珠子不对劲儿,直愣愣地不再转动,接着脑袋一歪……

天哪,她昏过去了!

(龙江河)

(题图:李 加)

君子鞋店

　　这天,彭亮上街打算买双鞋,走过一家鞋店,只见店牌子上写着"君子鞋店"四个大字,他心想:这店名倒新鲜,进去见识一下。彭亮走了进去,他惊奇地发现,老板竟趴在桌上睡大觉,好像根本没有察觉到有人进来。

　　彭亮四下一打量,发现墙上写着:君子爱财,取之有道。嘿嘿,什么意思?再一看,店里鞋的品种还真不少,他拿起这双,放下那双,眼睛却悄悄地在观察另外一位顾客,只见那人和他一样,手里拿着鞋,眼睛四下乱瞅。彭亮心说:哈,这人准是要偷鞋。果然,那人鬼鬼祟祟地夹起一双鞋,慢慢向门口蹭去。

　　彭亮心里觉得好笑,暗骂那人愚蠢:老板不过是装装样子,还真能让你把鞋偷走?可结果却出乎他的预料,只见那人拿着鞋小心地退出店门,然后就撒开腿一溜烟地跑了,再看老板,竟然无动于衷,还在呼呼大睡。

彭亮不由也动了心,他从货架上拿下一双鞋,装作若无其事的样子向门口蹚去。可毕竟是头一回做贼,他的心紧张得"通通"直跳。他的一只脚刚迈出店门,就听见老板迷迷糊糊地说了句什么,彭亮脑子里"轰"地一响:"不好,老板醒了。"可过了一会儿,就再没声音了,他偷偷回头一瞧,只见老板换了个姿势,继续呼呼大睡着,他这才长长地出了口气,一咬牙,冲出店门,小跑一段路,发现老板没追来,悬着的心才彻底放下来。

彭亮找了个僻静地方,打算把新鞋换上,这才发现鞋是一顺子的,都是左脚,根本不能穿。他直恨自己太粗心,没瞧仔细。"干脆回去再换一双,反正老板在睡觉,也不知道。"想到这儿,他又返了回去,在店门口碰到先前那个人又夹了双鞋出来。彭亮这个羡慕呀!看,人家已经是第二回了!

谁知刚进店门,老板竟热情地迎上来了,问他:"你肯定是回来交鞋钱的吧?"彭亮一下子窘得满脸通红,嘴张得老大,一句话也说不出来。老板满脸是笑,说:"你就交一百八吧!"彭亮自知理亏,也不敢和老板讨价还价,伸手就掏钱,嘴里嗫嚅着:"老板,这鞋不对。"老板仿佛知道了似的,狡黠地笑着,抽出另一只鞋盒,把里面的一只鞋递给他。彭亮接过来一看,和自己手里的鞋正好是一对,他这才知道自己中了老板的圈套。他哪敢在店里久留,拿了鞋就走,只听老板在他身后说:"你真是位君子,今后请多多关照!"

彭亮心里这个窝囊呀!他走出不远,走过另一家鞋店,见门口摆了好多鞋,老板正在大声吆喝:"清仓处理,机会难得,一律六十元!"他一瞥眼,目光突然定格在了一双鞋上。天哪!这双鞋和他手里拿的一模一样!

(流　年)

(题图:李　加)

选邻居

李驷到城里打工，投奔老乡张山。

张山特讲义气，帮他找了份活儿，收入不错，晚上，就让他借住在自己的烟杂店里。后来，李驷有了女朋友，张山又帮他找了套挺便宜的出租房。

可没过多久，李驷就愁眉苦脸地来找张山，说："你还是帮我另找房子吧。"

张山不解地问："怎么啦，那里的租金不是很合算吗？"

李驷说："便宜是便宜，可邻居那两口子都在屠宰厂上班，男的操刀，女的洗肠子，下班还常把厂里的猪下水带回来整着吃，把个厨房弄得又腥又臭。而且，那男的是个酒鬼，发起疯来不是打孩子就是打老婆，实在没法让人安宁。和那样的人做邻居，天天受罪。"

张山是个热心人，于是很快就帮李驷重新租了个屋。李驷一高兴，乔迁、婚礼一起办，女朋友转正成了老婆，两口子特地备酒招待张山，连连称谢。

可是没过几个月，李驷又一脸苦相地来找张山了，还是求他找房子。

张山纳闷地说："你那邻居大家都说挺有修养的，怎么还不行？"

李驷气呼呼地说："和这样的人做邻居太不轻松了！那男的不但有学问，能挣钱，而且在家里买菜、做饭、洗衣服，家务活全包，还每天早晚两次给老婆捏腿做按摩。以前跟杀猪的做邻居，那女的老眼红我那口子找了个好男人，我那口子可知道知足了，成天拿我当宝贝一样供着，可现在呢，老拿我去跟人家那男的比，开口闭口就是看人家这、看人家那的，你说还让不让我活了？"

张山听李驷这么一说，就问他愿不愿意再搬回去，和先前那家继续做邻居。

李驷连连摇头："好马不吃回头草，再说那猪大肠的味道够让人受的。"

张山一想也是。可房子好找，邻居难选，再选得选个啥样的邻居呢？

李驷一看张山面露难色，赶紧说："我想好了，这回就选个女人有能耐、男人挺窝囊的人家，把我那口子比下去，让她也尝尝看人不如人的滋味儿。"

张山表示一定尽力而为。

不久，张三果然帮李驷把新邻居给选来了。男的是个下岗工人，没多少文化，只能四处替人家打零工，女的倒是管着个门店，能挣不少钱，还在外面傍着个大款。

　　李驷对这格局挺满意,就把家搬了过去,经常在老婆跟前阴阳怪气地叨咕,夸人家女的多厉害,看着老婆被自己说得一无是处头也抬不起来的样子,他觉得解气极了。

　　可痛快的日子没过多久,李驷就哭丧着脸来找张山了。

　　张山摇头说:"不会又让我给你找房子搬家吧?"

　　李驷垂头丧气地把手里的行李卷往地上一扔,长叹一声说:"唉,这回什么房子也不用找了,我还是回你店里来住吧!"

　　张山大吃一惊:"怎么回事?"

　　李驷说:"我那口子跟着邻居那女的学,也傍了个大款,把我给踹了!"

(李清林)

(题图:李 加)

贿赂一把手

　　张三和李四经常在一起下棋。有一次两个人又在一起时，张三听说李四与单位里的"一把手"关系非同寻常，就萌发了跳槽的念头，他知道李四单位的效益相当不错，要比他单位好得多。

　　这天，张三提了两条好烟、两瓶好酒，找到李四家里，要李四把烟酒转交给他单位的一把手。李四吃惊地问："哥们，啥意思？你跟他素不相识，怎么给他送烟送酒？"

　　张三神秘地笑了笑，说："他是你的朋友，也就是我的朋友。"

　　李四似有所悟地点点头，把东西接了过去。

　　过了几天，李四给张三打来电话，说东西转交给一把手了，还说一把手很高兴，愿意交他这个朋友。

有门！张三于是赶紧到银行取出五千块钱,交给李四,要他再转交给一把手。

李四两只眼睛瞪得溜圆:"哥们,你这闷葫芦里卖的啥药呀?"

张三笑着说:"不到火候不揭锅,你就照我的意思办,把钱交给他就行了。他要不收,你就说日后我张三免不了有事要找他帮忙。"

李四一脸茫然,张三笑着推了他一把,说:"等他收了钱,我自会跟他说。"

第二天,李四就跑来找张三,说经过他好说歹说,一把手总算把钱收下了。李四让张三赶快"摊牌",到底要他单位的一把手朋友干什么。

张三兴奋地擂了李四一拳,说:"用不着他两肋插刀,只要他点个头、签个字就行了!"张三把自己想调动的事对李四和盘托出。

谁知没等他说完,李四就跳了起来:"胡扯!你这不是强人所难吗?他哪有那个本事呀!"

张三傻了眼:"他不是你们单位的一把手吗?他点了头、签了字,怎么不行?"

"唉——"李四也捅了张三一拳,"你怎么不早对我说清楚呀?要知道,我这个朋友是我们单位传达室看大门的,因为在车祸中丢了一条胳膊,我们就都叫他'一把手'!"

（邹吉庆）

（题图:李 加）

刘二加油

  刘二看到路边小饭店门口停着一辆崭新的摩托车,跟他以前见过的不一样,看上去非常小巧轻便,样子漂亮极了。刘二正想要一辆这样的车哩,于是就装作若无其事的样子靠近前去,看看四周没人注意,他三下两下一拨弄,骑上车"呼"的一下就蹿上了大路。

  如此轻易就顺手牵到了"羊",刘二心里甭提有多高兴了!只是这车的速度太慢,估计是没油了,刘二于是把车开进了加油站,让给车加点油。

  加油站的工作人员看看这辆车,又疑惑地看看刘二。

  刘二朝他一瞪眼:"看什么看?"

  工作人员客气地说:"请您稍等。"然后就转身进了办公室,好一阵也没出来。

刘二又急又恼:"这里的人都死光了? 看老子没钱咋的?"

他正嚷嚷着,只见一辆警车开进了加油站,下来两名警察,他们和迎上来的工作人员说了几句话,转身就朝刘二走来。

刘二看看苗头不对,拔脚想溜。

警察立刻喊住他,问:"这是你的车?"

刘二硬着头皮说:"是啊,我新买的。"

警察说:"那请你把证件拿出来。"

刘二狡辩道:"我今天出门办急事,忘记带了。"

"你来给这辆车加油?"

"别人能加,我为什么就不能加?"

"扑哧"警察忍不住笑出声来,随即又严厉地说:"你跟我们走一趟!"

刘二急了:"你们凭什么抓我?"

"你知道这是什么车?"警察说,"这是电瓶车,根本不用加油!"

(田大胜)

(题图:李 加)

有事你先走

　　阿三是个小混混，天生长了张甜嘴儿，就凭这张嘴，阿三捞的好处可不少，别的不说，吃早餐就几乎没掏过腰包。

　　阿三吃早餐专往热闹的地方钻，找个显眼的地方一坐，拣贵的要了一大堆，然后就津津有味地吃开了。早上来吃饭的多是赶时间的上班族，这不，阿三还没吃上几口，一个夹公文包的人就匆匆进来，他要老板给他装两块面包。正当掏出钱包要付钱的时候，阿三亲切地叫了他一声："兄弟，来来来，一块儿吃吧！啥……忙啊？有事你先走，账我来付！"还没等对方想起来是什么时候认识的朋友，阿三已经站起来了，手忙脚乱地往身上摸钱包："兄弟，我知道你上班忙，你走你走，账你别管！"

　　见阿三这么热情，那个买面包的人脸上挂不住了，赶紧对老板说:"我来我来,连这个朋友的账一起结了!"阿三于是就把钱包塞了回去,心里那个美呀:嘿嘿,又遇上一个冤大头!

阿三打一枪换一个地方,每天早上吃得直打饱嗝,却几乎用不着花一分钱。

这一天,阿三要了一份饺子,正在细嚼慢咽,急匆匆来了一个戴眼镜的,进门就掏钱。阿三笑眯眯地又凑了上去:"兄弟,一块儿将就吃点! 什么……单位上有事? 有事你先走,你的账算我的!"那"眼镜"已经把钱包掏出来了:"这……还是我自己结了吧!""别别别,咱俩谁跟谁呀? 老板,你让他先走,他的账我来结!"阿三一边假惺惺地把眼镜往外推,一边忙着在身上到处摸钱包。那眼镜吃不准阿三怎么回事,看他这么客气,于是就把自己的钱包塞回口袋里去了。

众目睽睽之下,阿三强装笑脸送走了眼镜,心里却气得直骂娘:掏出来的钱包又塞回去,没见过这么小气的男人! 他气呼呼地把饺子吃完,掏出一张百元钞票,往柜台上一拍,要老板结账。

老板朝他眨眨眼:"你不是说连刚才张所长的账一块结吗? 这点钱可不够!"阿三心里一"咯噔",涨红了脸,又拿出了一百元,没想到老板还是说不够。

阿三急得鼻子都歪了:"两百元钱还不够吃顿早饭,你开的是什么店?"老板笑了:"你跟我装什么傻? 张所长的老婆孩子每天早上都在这儿吃早餐,他一年来结一次账,这点钱够吗?"说着,老板拿出厚厚一叠账单,冷笑道,"你小子不是想巴结人家吗,这几个钱算个啥?"

天哪,阿三像被什么咬了一口,老板话还没说完,他就站不稳了。

（李美桦）

（题图:李　加）

追美女

小强是个出租车司机。这天在路上，他看见有个骑车的姑娘长得非常漂亮，心里不由一动：要能交上这样的美女，该有多好！于是立刻开车追了上去。

不一会儿，前面的红灯亮了，美女从自行车上下来，说来也怪，她好像知道小强心思似的，回过头来，亲热地朝小强招招手。

小强开心得差点晕过去，莫非真的是心有灵犀一点通？他"嘟嘟"按了两下喇叭，算作是对美女的回答。

这时，前面绿灯亮了，只见那美女又回头朝小强摆摆手，还做了个鬼脸。小强激动得浑身血液都沸腾起来，赶紧要把车子开上去。

可扫兴的是，因为路窄车多，加上小强心里太急，他手里的方向盘就不听使唤了，只听"砰"一声，他的车竟然撞到路边的灯柱上去了，变成"满脸花"不说，还把路灯给撞坏了。

警察马上过来扣了小强的驾驶证，还以为他是酒后驾车呢。可一测试，不是这个结果，警察纳闷了："没喝酒，你撞路灯干什么？"

小强只好实话实说。

为了进一步做笔录，警察把小强带到监控录像那里，要他指认到底是哪个姑娘乱了他的方寸。

负责监控录像的小伙子把交通录像带放给小强看，小强看着看着，一眼就认出了那个美女。

想不到，管监控录像的小伙子跳了起来："不可能，她是我的女朋友哇！"

小强不服气："明明是她主动招呼我的！"

小伙子鼻子里"哼"了一声，说："嘿，你懂什么？她知道我管这个路段的电子眼记录，所以每次只要在路口停车，就会冲着电子眼招呼我！"

闹半天，原来是这么回事！

（翟德军）

（题图：李　加）

"不吃亏"打的

卜家沟有个卜老汉,他有个外号叫"不吃亏"。

这一天,不吃亏进城去给孙子过满月,大包小包带了十几个。他觉得一样花五元钱车费,带的东西若是少了,岂不就吃亏了?

可带的东西多,下车就麻烦了,不吃亏瞅着那十几个包裹,就恨自己没长三头六臂。

正犯愁着,一辆出租车过来了,司机探出头来,热情地问道:"大爷,到哪里去?"

不吃亏想起儿子嘱咐过,若没人接他,就让他自己打的过去,便问:"去梅花小区,几元钱?"

"十元。"

不吃亏有点心疼，说："太贵了，能不能便宜点？我听人说，这儿离梅花小区不远。"

司机笑道："大爷，你没坐过出租车吧？跟你说，出租车起步价就是十元，四公里以内都是十元。"

不吃亏见降不下价来，虽然心疼，还是上了车。

出租车拐了两个弯，跑了三四分钟的光景儿，"吱嘎"停下，司机说："大爷，到了。"

不吃亏屁股还没坐热呢，不相信地问："这么快呀？"

司机看看里程表，笑道："还不到两公里，当然快了。"

不吃亏心想，不到两公里，就花了十元，这下可亏大了。他掏出一张五元的票子递过去："给，车钱。"

司机不高兴了："大爷，咱说好了的，十元。"

"什么十元？四公里十元，走了不到两公里，给你五元，你还占我便宜呢。"不吃亏像吃了大亏似的，说完话，打开车门，抬屁股就要下车。

司机急了，一把拽住他："起步就是十元，少一分都不行。"

不吃亏见脱不了身，气鼓鼓地瞪了司机一眼，甩开司机的手，一屁股坐回去，说："开，继续往前开。"

司机纳闷："开到哪里去？"

不吃亏愤愤地说："往前开！我今天非让你跑够四公里不可。告诉你，想占我便宜？没门！"

司机看他一眼，乐了，使劲憋住，一言不发，开车就走。到了四公里时，他笑嘻嘻地说："大爷，我再送你一公里，不要钱。"他果真又往前开了一段……

结果，不吃亏孙子的满月酒都散了，不吃亏才挪到儿子家。

儿子看到累得气喘吁吁的老爹，惊讶地问："爹，你咋才来呀？"

不吃亏边擦着汗，边把自己打的的这事说了一遍。完了，他得意洋洋地说："你爹活了大半辈子,就从来没吃过亏。"

儿子一听跳了起来,埋怨说："爹,你咋这么傻呀？你这么做不合算呀！"

不吃亏一瞪眼："咋了？"

儿子说："哼,换了我,我就让他的车在小区门口转圈儿,同样能转够四公里。"

（黄建刚）

（题图:顾子易）

戏 弄 调 侃

如果你有说俏皮话的才智，那么用它来取悦而不是伤害。

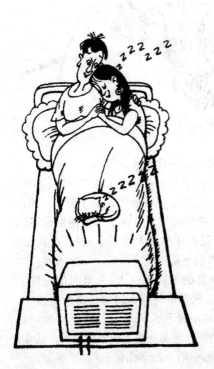

乐死人的葬礼

蔡老蔫的爹死了,死得可真不是时候。

蔡老蔫家本来就不富,两个儿子今年考上大学,这费那费把仅有的一点积蓄掏空不说,还欠了一屁股债。如今老爹一死,按当地习俗,要请吹鼓手,还要摆宴席。可眼下该借的都借了,能卖的也都卖了,这钱又不是猴子脑袋上的虱子,说长就长出来的。你说,蔡老蔫的爹死得是不是时候?

老蔫村里有个婚丧嫁娶的王牌主持人,大家叫他白博士。这博士不是学位,是乡里人送他的美称。白博士掰着手指头一算,老蔫爹的丧事没有 4000 块钱下不来。

到哪里去弄这 4000 块呢? 老蔫一夜之间愁白了头。就在他一筹莫展、精神恍惚的时候,一辆小汽车在他家门口"嘎"的一声停下了,车里钻出个肥头大耳的乡经委主任高义勃。

高主任进了屋,紧握住蔡老蔫的手,关切地问:"丧事筹办得怎么样啦?"

蔡老蔫摇摇头,叹了口气,说:"白博士说,这么个丧事,少说也得4000块!"

高主任一听,把眼一瞪,道:"4000块哪成? 你爹当年是农会主任,丧事一定要体面,怎么的也得办个万元级的,把咱乡的电声乐队、摇滚乐队都请来!"

蔡老蔫一听,差点没坐地上:"高主任,你把我卖了也没一万块呀!"

高主任微微一笑:"放心,你爹的事就是乡里的事! 钱不是问题,我们乡经委、乡企业家协会决定赞助你一万块,把丧事办好!"

蔡老蔫做梦也没想到有这样的好事,感动得眼泪直流,就差给高主任跪下磕俩响头了。

高主任话锋一转,说:"不过,既然是赞助,葬礼上就要适当做一些广告,相信你是能理解的吧?"

蔡老蔫一愣。可再一想,钱是人家给的,解决了自己的大问题,做广告就做广告吧,于是点点头,算是答应了。

转眼到了出殡那天,四乡八村的人都听到风声,赶来看热闹。主持人自然就是白博士,因为是万元级的高档葬礼,白博士显得格外精神。

下午三点,葬礼正式开始。

白博士手拿一张写得密密麻麻的纸,扯起大嗓门庄严宣布:"乡亲们,注意了! 人也不少了,天也不早了,由高家庄乡经委、乡企业家协会独家赞助的蔡有财先生葬礼现在开始! 出——堂——喽——"

随着这么一吆喝,请来的几个鼓乐班子立刻唢呐齐鸣、笙管合奏,为了招揽生意,里面还夹杂了几把电吉他,两架电子琴,也算是中西合璧了。

16个身强力壮的小伙子在乐声中操杠在肩,三长两短的红漆棺材拔地而起,在穿白挂素的子孙护送下起程。

大家一看,还真有那么回事,禁不住交口称赞起来:"看看人家的丧事,多体面!"

走在头里的蔡老蔫一听,这腰杆也挺起来啦。

送葬队伍走得很慢,过不多远开始路祭,也就是死者的亲戚在半道上给棺材行礼。

只见一人立于供桌前,毕恭毕敬,这边蔡老蔫率领孝子贤孙们也一起跪下还礼。只听得白博士大声说道:"表外甥许大下巴给表舅行礼! 大力家具厂提醒各位注意天气变化,厂长蔡大力偕全体木匠向大家问好。一鞠躬,再鞠躬,三鞠躬! 孝子——谢! 下面告诉大家一个好消息,永乐村有挂面出售,鲜美卫生,价格便宜,欢迎大家前往选购。地址:过看丹桥往西走200米即到。"

围观的人群顿时爆发出一阵哄笑。蔡老蔫觉得不是滋味,便悄悄对白博士说:"你那些广告插在这儿不太合适吧?"

白博士挠挠头皮说:"高主任吩咐了,这些厂家出了钱,广告一定得在人多的时候念。你也别太保守,要有点敢为人先的精神嘛!"

蔡老蔫被说得哑口无言,只得硬着头皮往前走,反正碰到路祭就磕头,白博士依然在旁边插播广告。

也不知道到底过了多少路祭,总算到了村口,蔡老蔫抹了一把头上的汗,长长出了一口气。这时候杠夫照例要休息一下,听段小曲鼓足干劲,然后一鼓作气把棺材抬到坟地下葬。

趁这个机会,白博士朗声宣读:"要致富,养蘑菇,小豆镇胡二麻子向大家提供蘑菇培养技术,膳食自理,保证学会。下面是献给全体抬杠人员的歌曲，由乡村歌手赛丽君小姐演唱。张举人庄有种猪，欢迎垂询；可上门服务，一次速配未成，下次免费。下面有请歌手出场，大家掌声欢迎！"

赛丽君手举话筒就唱开了：

> 送君送到大路上，
> 几件事儿不可忘：
> 买挂面记住看丹桥，
> 购家具别忘大力厂，
> 养蘑菇要到小豆镇，
> 找公猪就去举人庄。
> 咿呀咿呼嘿……

这歌声和着人们的笑声，像袅袅的花香，回荡在乡间广阔的上空，人们都忘了这是出殡……

（王小见）

（题图：箭　中）

秘方

　　"九饼儿"的女人最近得了失眠症，晚上上了床，翻烧饼似的正反转着贴，呵欠一个接着一个打，可俩眼皮儿就是不往一处合。夜里睡不着，白天一点精神都没有，走起路来光打飘。

　　九饼儿就用自行车把女人驮到镇医院。医生给女人号了脉，说是失眠引起脑神经衰弱，开些安眠药吃就行了。

　　安眠药吃完了，可是病却没好。

　　眼看着人一天天活瘦下去，女人心里害怕，她哭着对九饼儿说："我怕要死了，看到眼前银苍蝇乱飞哩，你陪我到城里大医院去看吧。"

　　可城里大医院医生也是这句话，失眠引起脑神经衰弱，开些安眠药吃就行了。

药吃完了,病还是没好。

女人吓坏了,除了哭还是哭。

有人给九饼儿出主意说:"失眠这病,根本用不着大惊小怪。我教你一个秘方,不吃药,不打针,一个疗程,七天,保证你女人仍旧大美人一个。"

九饼儿听了,骂他不是人,到这份上了,还穷开心。

那人一听,倒认真了,说:"我拿你开心,就不是人养的。你家有电视没有?"

"有。"

"你女人爱不爱看电视?"

"爱。"

"爱看什么节目?"

"唱歌,还有球赛。"

"那好!从今天晚上起,叫你女人每天晚上挑电视连续剧看,越长越好。几个晚上看下来,保证病好。我女人也是这个病,就是这么治好的!

九饼儿半信半疑,一时也没更好的办法,回家就按那人说的,打开电视机,选了个一百零八集的电视连续剧,给女人看。

七天还没过半,九饼儿女人的病,果真好了!第三天晚上,女人的呼噜打得比九饼儿还响。

(刘殿学)

(题图:麦荣邦)

老马迷途

　　老马从县长的官位上退下来以后,反差太大,闷在家里实在有点"蛟龙被困"的感觉,第二天便独自一人上街去散心。

　　自打进城以后,老马都是车迎车送,尤其搬进县委大院以后,独自步行出门还真是新娘子上轿头一回。老马走着走着,麻烦来了,三两条街一过,他就分不清东南西北,不知道回家的路在哪儿了。老马呆了,自己进城当公仆也不是一年两年了,居然迷了路,这哪好意思跟人说呢。

　　老马想了半天,只好叫出租车回家。虽说他没有花钱坐车的习惯,可今天也是迫不得已了。他招了辆车,吩咐司机把他送到清风大街公仆楼8号。司机答应一声,开着小车,绕过一条街,穿过一条巷,很快就在一个临街的墙门前停了下来。

老马付了钱，下车一看，咦，不对呀，这儿陌生得很，哪里是自己的家呀！他刚想问司机，那出租车却"吱溜"一下，逃也似的从他面前开走了。老马跺着脚，连呼上当，心里骂道：现在的人个个都变成鬼精了，自己才退下来两天，连的士司机也来欺负了。哼，这要是自己在位的时候，别说一个的士司机，就是火车司机怕也没这个胆呀！

老马自认晦气，嘴上边念叨边往前走，走不多远，感到双腿酸软，只好又拦了辆车。

这次的司机看上去已经上了些年岁，长得慈眉善目的，不像刚才那个一脸滑头相。不一会儿，车停下来，司机说："到了。"

这次老马多了个心眼，不急着下车，先打开车门探头一看："不对，这不还是刚才下车的地方吗！"老马一见这墙门，气就不打一处来，拉下脸说："你这位司机同志呀，我要到清风大街公仆楼8号，你咋又把我送到这鬼地方来呢？"

司机见老马动气，觉得很受委屈，走出驾驶室，指着墙上的一块门牌说："你这位师傅呀，怕是老花了眼吧，这不就是清风大街8号吗？"

老马不信，下了车，走近那块牌子仔细看了半天，还真是这样。这可邪门了！司机见老马没话说了，以为他自知理亏，钻进车子，一踩油门，车开走了。

老马这下可迷糊了，明明不是自己家，为什么也是这个门牌号码呢？这事可要弄个明白，他绕着墙门转了两圈，没看出个所以然，只好又往街上走去。

转了两个弯，老马忽然远远望见了自己最熟悉不过的地方——环球大酒店。一见这地方，老马就有些到了家的感觉，他的脚不由自主就往那儿走了过去。

酒店门前停着十几辆小汽车，他的眼睛这么一扫，就认出了曾经与他寸步不离的那辆"宝马"。说来也巧，"宝马"里的司机这时一伸懒腰，也看见了老马，便笑嘻嘻地从车里下来招呼道："老领导！"

老马像是遇到了救兵，忙把今天遇到的怪事一说，司机一拍胸脯："老领导，没问题，反正新领导刚进去，一时半会出不来，我把你送回家去！"

这次老马坐在车里，打足了十二分的精神。以往他坐车，总是把窗帘拉得严严实实的，就怕被老百姓看到，拦住上访，今天却不同了，他要好好看看回家的路究竟怎么走。

只一会儿工夫，轻车熟路的宝马就把他驮回到刚才两次下车的地方。老马正纳闷呢，宝马却没有像出租车一样停下来，而是按常规，悄无声息地钻进了墙门，稳稳地停在铺着大红地毯的楼梯脚下。

"到了，到了！"老马惊喜地叫了起来。眼前这个世界他最熟悉不过，每次他都是在这里上下车的。

司机朝他挥挥手，开着车走了。老马无奈地望着心爱的宝马缓缓驶出墙门，一股失落的酸楚袭上心头，他长叹一声："唉，这往后的日子可怎么过呀……"

（纪　荣）

（题图：魏忠善）

拿出证据来

　　俗话说：人怕出名猪怕壮。下岗工人李文江办的养猪场出了名，来找他麻烦的人就多起来了。

　　那天，养猪场开来了一辆面包车，"呼呼啦啦"下来一堆大盖帽。

　　李文江一打量，噢，认识，来者是畜牧局检查大队的朱队长，忙上前打招呼："朱队长有何贵干啊？"

　　朱队长每到一处，对方都是好烟好茶加笑脸相迎，毕恭毕敬连屁都不敢放一个。可今天到了这儿，李文江烟不掏不说，连往屋里让一下的意思也没有。

　　朱队长当时就黑了脸，"哗啦"拉开公文包，一副公事公办的样子，说："有群众举报，说你们养猪场用瘦肉精喂猪。

这还了得,为了发财,竟不顾人民群众的生命安全。念你是初犯,这次就罚款1000元吧。"说罢,就让手下人开票收钱。

李文江最近已经连续被四个单位罚过款了,心里那个气呀,气得肚皮都要爆炸。

他脸红脖子粗地申辩道:"我养的猪根本没有喂瘦肉精,你们说话要有证据!"

朱队长想不到有人竟敢当面顶撞自己,脸色立刻就变了,他命令身边的两个化验员:"接猪尿带回去化验,有了证据,我还怕他翻天不成?"

两个化验员一个是未婚女孩,一个是刚毕业的大学生,都刚踏上工作岗位不久,比较娇气,她们刚走近猪圈就用手捂住了鼻子,推来推去谁也不愿下去取尿,最后一齐推给了李文江。

李文江皱皱眉,很不情愿地接了尿袋,跳进猪圈摆弄了半天,才接了半袋尿。

朱队长临走时冷冷一笑:"哼,要找你的毛病还能找不出来?抗拒罚款,有你好果子吃!"

才隔一天,处罚通知书就下来了,上面写着:经化验,猪尿中含有大量瘦肉精分子,因此对李文江处以3000元罚款,三日内交齐,否则查封猪场。

李文江当然不服,当场就把处罚书撕得粉碎。

朱队长闻讯大怒,第二天就带人来查封猪场,李文江抢起铁锨要跟他们拼命。

这事把派出所也给惊动了,当时就开来几辆警车。

此时,李文江摆手跺脚见了谁都说冤枉,把个民警也说烦了:"人家还能冤枉了你?"

李文江还是一个劲叫冤:"打死我也不信那尿能化验出瘦肉精!"

村民们和派出所民警见状,有些相信了,但说话总得有证据吧,想帮忙也插不上手啊,于是只好劝道:"好了,好了,就认倒霉吧,人家可有化验单,现在都是高科技精密仪器,你还有什么说的?"

李文江一听笑了:"我们那天在猪圈等了半天,几头猪都不配合,谁也不撒尿。两个化验员在外边催,一急,我就掏出自己的家伙往尿袋里撒了一泡。你们说,难道我是吃瘦肉精长大的?"

众人"轰"地一声笑了起来,朱队长却傻在那里,他怎么也没想到事情会是这样。

(赵文辉)

(题图:麦荣邦)

个性铃声

　　老王虽然年近四十,却童心未泯,买了部挺时尚的手机不说,还专门花了三个晚上的时间,给储存进手机的每个电话号码,分别设置不同的电话铃声。

　　这个周末,公司加班晚了,老王便和几位同事一块儿去公司附近的酒家吃夜宵。

　　正等上菜的时候,老王的手机突然响起了一段欢快的小夜曲,老王冲大家点点头,说:"是朋友打来的。"随后就打开手机接听起来。

　　后来菜上齐了,大家有说有笑地吃起来。才吃了几口,老王的手机铃声又响了,这回是节奏高亢的《义勇军进行曲》:"起来,不愿做奴隶的人们……"

　　有个同事悟性较高,立即笑着说:"老王,是你老婆的电话吧? 快接,不接那才是最危险的时候到了。"

　　老王有点不好意思,笑了笑,算是默认了。

　　接下来,大家边吃边聊,话题就转到了公司的事情上。看起来,大家都对刘主任意见最大,这个刘主任是人力资源部的头头,任人唯亲,喜欢搞裙带关系。特别是老王,一谈起刘主任来,似乎有满腔的仇恨。

　　大家正聊到兴头上,老王的电话又来了,这回的铃声竟是一个脆生生的童声:"爸爸,接电话。爸爸,快接我的电话!"大家都忍不住笑,不用问,这一定是老王的儿子打来的。

　　谁知老王干咳了一下,拿起手机接听道:"刘主任,你好……"

(江　静　供稿)

(题图:李　加)

巧收费

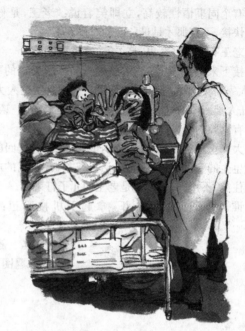

有个乔大夫，他治病收费巧立名目，花样可多了。

这天，他给一个姓王的胃癌患者做了胃切除手术。查房时，王患者问他："乔大夫，我吃什么合适？"

乔大夫说："流汁。"

第二天，王患者的"住院费用一日清单"上，多了一个收费项目：饮食咨询费5元。王患者不解："乔大夫，你没有告诉我什么呀！"

乔大夫微微一笑："怎么没有？我不是告诉你'流汁'两个字了吗？"

王患者想了想，无话可说。

过了一会儿，王患者又问乔大夫："我做完手术了，怎样才能恢复得快一点?

乔大夫又说了两个字:"少动。"

过了一天,王患者看到清单上又增加了一个收费项目:康复指导费10元。王患者一想,明白了:这康复指导一定是指昨天乔大夫对自己说的"少动"两个字。

正在这时,王患者的老婆来到病房。丈夫得了胃癌,尽管做了手术,但她还是惶惶不安,她轻轻地问乔大夫:"我老公的病,以后有没有生命危险……"

老婆的话还没有说完,王患者就一把捂住她的嘴,并且拼命向乔大夫摆手,示意他不要回答。

等乔大夫一走,老婆问王患者,刚才为什么要捂她的嘴。王患者拿出最近两天的清单,指着上面的"饮食咨询费"和"康复指导费",苦笑着说:"他要一开口,明天清单上肯定会增加一个收费项目……"

"什么项目?"

"'生死预测费'呗!"

(王道庄)

(**题图:李 加**)

多亏这条路

　　远山县公路年久失修，路况坏得出奇，路面到处坑坑洼洼，车辆行走在路上，就像在跳"蹦迪"一样。

　　这一天，公路管理站的吴站长在办公室刚坐下，白沟镇卫生院高院长就来电话说："吴站长，不好啦，市公路巡检团的王局长来暗访，在白沟镇附近被车子颠出了事，送进我们卫生院了！"

　　吴站长一听如五雷轰顶，赶忙叫来一辆越野车，马不停蹄地往白沟镇赶。

　　来到白沟镇卫生院，吴站长见王局长的秘书小曹正神色凝重地在手术室外来回踱步，就冲上去小心翼翼地问："曹秘书，王局长怎么了，是不是……碰破了头皮？"

　　曹秘书白了吴站长一眼："哼，比这严重多了！"

吴站长倒吸了一口冷气，瞪大眼睛问道："那到底出了什么事啊？"

曹秘书鼻子里"哼"了一声，没好气地说："我也不知道，反正一路上王局长被颠得脸色苍白，快到镇政府时只听他惨叫一声，捂着肚子让我们赶快送他进医院。这不，来了！"

吴站长一听，糟糕：白沟镇公路是全县最坏的，路面上的坑坑洼洼比天上的星星还多，平时老百姓乘车，磕破头皮、扭伤腰骨是常有的事。县里穷，没钱修路，上半年市里下拨的一笔修路款已经挪作他用，这次王局长万一有个三长两短，那可是吃不了兜着走啊！

吴站长哆哆嗦嗦地站在曹秘书身旁，见曹秘书脸色难看，也不敢多问，只好提心吊胆地陪着曹秘书一起在手术室外等着。

等啊等，约摸过了半个小时，只听手术室的门"吱呀"一声被推开了，王局长由高院长搀扶着走了出来。

吴站长心里一惊，还没开口，王局长却主动向他打招呼道："啊呀，吴站长，你怎么来了？"

吴站长脸一红，低着头说："我……我工作没做好！"

王局长摆摆手，说："要说这路，我可是从来没见过那么差劲哇，颠得简直喘不过气来！"

吴站长一听这话更难堪了，支支吾吾地说："我……我回去马上备料，马上修，保证三个月竣工！"

王局长眉头一拧："修？我看别急，留着说不定还有用呢！"

吴站长一听这话，心里打了一个寒颤。他知道王局长平时爱正话反说，心想：今天挨一顿训是免不了的了。只好厚着脸皮战战兢兢地说："局长，您别取笑，有什么指示我一定照办。"

王局长耸耸肩："取笑？我说的都是实话呀，今天这么一颠，解除了我多年的病痛啊！"

吴站长不禁愣住了："您……您这是开什么玩笑嘛！"

王局长朗声笑道:"你有所不知啊!我患肾结石多年,吃了几年的中草药,小的全打出来了,剩下一颗大的,十分顽固,一直出不来,哎哟,经常发作,痛得我直不起腰哇。今天可好,这么一颠,竟给颠出来了。有惊无险呐!"

这时,一个护士从手术室里拿着一只玻璃盘子出来,盘中盛着一颗黄豆大小的石子。她异常兴奋地对王局长说:"局长,您看,真是太不可思议了,这么大的结石,居然不动手术就能出来!"

高院长也哈哈大笑起来,接着那护士的话尾说:"是啊!我在想,这条路上面的坑坑洼洼,一定有什么规律,车子走在上面,可能是产生了一种奇特的脉冲波,把石头给震出来了!要是请科学家来研究研究,说不定还真会有重大发现呢!"

吴站长听得如在云里雾里,半天说不出话来。

这时,王局长看了看手表,拍了拍吴站长的肩膀,意味深长地说:"老弟,今天多亏了你这条路啊!刚才接到一个电话,叫我回市里开一个紧急会议,我要先赶回去,改日我得找个机会好好谢谢你啊!"说着,他在高院长的陪同下走出医院大门,钻进小车走了。

吴站长追出门外,机械般的朝王局长挥挥手,等小车跑出老远,他才发现自己浑身上下已是湿漉漉一片。他长长地吐了口气,也不知道是好事还是坏事,心事重重地打道回府了。

第二天,吴站长有事下乡,车子刚驶出城门岔道口,却被一长溜车门上印着"红十字"的越野车队挡住了去路。

为首的一个小伙子大概认出了吴站长,跳下车走上前,一把握着他的手说:"您就是吴站长吧,向您打听一件事,昨天王局长来你们县,走的是哪条路?"

吴站长眉头一皱,说:"就走白沟镇这一条啊,怎么啦?"

小伙子嘻嘻一笑,说:"嘿嘿,太好了,今天由我带队,全市三个医院的肾结石患者都集中来了……"

　　小伙子说着,朝后面的车队挥挥手,随后就坐上车,带着一干人马呼啸而去。

　　吴站长蓦地回过神来,急得跺着脚对身边的工作人员说:"收费,收费! 马上设卡收费! 这是个资源,不能浪费了!"

(谢元清)

(题图:李　加)

芝麻开门

李铭正在为表弟工作的事情奔波。

一天,他带着礼品来到王经理家。王经理家的防盗门很坚固,门上没有门铃,只有一个挂着的电话机,李铭猜想这就是门铃吧,便尝试着把上面的电话听筒摘了下来。

果然,听筒里传来提示语音:"你好,这是王经理家。请拨分机号,查号请拨零。"

李铭简直不敢相信自己的耳朵:要进王经理家,居然有这么复杂?他于是按下了0号键。

又是一阵提示语音:"王经理的朋友请按9;王太太的朋友请按8;王公子的朋友请按6。"

李铭当然按了9号键。

"谈公事请按 1；谈私事请按 2。"

李铭脑子一转，按下了 2 号键。

门依然纹丝不动！还是语音提示："请报你的尊姓大名，并简述上门原因。"

没办法，李铭只能对着话筒说："我叫李铭，与王经理是老乡，想让王经理帮忙联系一下我表弟工作的事情。"

语音提示立即响起："请站到门中央，然后再拿起电话。"

李铭连忙站到防盗门的正中央，他注意到门的上方有一个小摄像头，他正想说什么，突然电话里传来一声："对不起，系统出故障，请挂机。"随后就没了任何动静。

李铭心里很窝火，他怏怏地回转身，心想这次是白跑了。正准备离开，突然他想到自己刚才忽略了一个细节——没对好"芝麻开门"的暗号，于是连忙转身再次拿起电话，按着语音提示操作，再次站到防盗门中央。这时，他把带来的礼品高高举起，对着摄像头晃了又晃，只听电话里传来很柔美的一声"请稍候"，不一会儿，沉重的防盗门"吱呀"一声开了！

（叶　君）

（题图：李　加）

吃烧饼

王五上县城卖完菜已过晌午,肚子饿得咕咕叫,于是狠狠心在街边买了三个肉馅烧饼,往怀里一揣,准备带回去和老娘、闺女一块儿吃。王五老婆死得早,闺女十岁刚出头,家里全靠他老娘帮他撑着。

王五急着往家赶,一路上,那三个烧饼的香味儿直往他鼻子里钻。王五心想:反正带回去也是吃,不如先把自己那个吃了!于是三口两口下了肚。

不一会儿问题来了:王五此刻的肚子比刚才不吃烧饼更难受,留给老娘和闺女的那两个烧饼老在他眼前晃。王五忍不住想:要不我就再吃一个?

可是吃谁的呢? 自己平时没什么东西孝敬过老娘,给老娘的这个绝对不能吃;那就吃留给闺女的那个吧,就当是闺女提前孝敬我了! 于是,三口两口,王五就又吃了一个。

吃完了,王五抹抹嘴,把给老娘的那个烧饼重新在怀里揣揣好。现在没什么想头了,那就赶紧赶路吧,老娘这个是说啥也不能动了。

王五心里是这么想,可一路走着一路心里就是怪痒痒的。走到下坡的地方,王五再也走不动了,一屁股坐在地上,把给老娘的烧饼从怀里掏出来,对自己说:"听天由命吧,我把烧饼从坡上滚下去,如果它站得住,就该老娘吃;如果站不住,那我就把它吃了。"

王五朝家的方向一抱拳:"娘啊,不是儿不孝,这是天意啊!"随后,他手一松,那烧饼就"扑扑扑"地直朝坡下滚去。

烧饼又不长腿,哪能站得住呢,王五这是生着法子在找借口给自己解馋呀!

可没成想,那烧饼在坡上滚了一段路之后,还真就直挺挺地站在那儿了! 这是个土坡呀,前两天下雨时坡面被车轱辘压出道道车辙,烧饼正好滚在车辙道上,被挤住了,所以就站得笔直。

王五顿时火冒三丈,跳起来冲下去,抓起烧饼张嘴就咬:"老天爷啊,求求你不要管我们家的私事了吧!"

(张玉国)

(题图:李　加)

弄虚作假

虚伪是一种时髦的恶习,而任何时髦的恶习,都可以冒充道德。随便什么都比虚伪和欺骗好。只有虚伪才是死亡!

拔牙内幕

　　这天,晚报上登了一条很吊人胃口的新闻报道,大意是:有一个叫梅泽仁的机关科员,牙齿数目超过常人,光因病拔掉的牙齿就有 36 个……

　　稍有点常识的人都知道,一个正常人的牙齿是 32 颗,梅泽仁有如此多的牙齿,自然成了人们饭后茶余的谈资。

　　这时,最兴奋的要数报道此则新闻的作者。这小伙子姓郑名卓,本是外地来的一名打工仔。他业余爱好文学和新闻写作,以往点灯熬油的不知写了多少稿件,可是连个标点符号也没能发表出来。前不久,一位朋友给他提供了这条线索,没想到写出来后竟一投即中。虽然文章只百来字,稿费只三五元,但自己的文章终于变成了铅字,并引起了一场不大不小的轰动。这怎能不叫一个文学爱好者高兴不已呢！

事隔不久，郑卓突然接到报社寄来的一封信，约他面谈。郑卓急不可待，立刻蹬车去了报社，找到总编室。

总编是一个长者，态度很和蔼。寒暄之后，他问郑卓："那篇新闻稿的素材你是怎么发现的？"郑卓说："是一位朋友提供的线索。""能具体谈谈吗？"郑卓思考了一下，说出了事情的经过：

郑卓有个中学同学，名叫王建明，现正在医院实习。一个偶然的机会，建明从一个名叫梅泽仁病员的就诊记录本上，看到他拔 36 颗牙的事，感到很惊奇，就当作新闻线索提供给了郑卓。为了慎重，郑卓又跟建明到医院里查看了该病员的就诊记录，上面记载得很清楚，那位姓梅的人确确实实拔了 36 颗牙。于是郑卓就写了这篇报道。

听了郑卓的介绍，总编不禁埋怨道："小伙子，你发了一条假新闻。"

郑卓愣了："怎么？难道我写的与事实不符？""岂止不符，差着十万八千里呢！现在当事人已找上门来，说他的名誉受到了侵犯，正常生活受到了干扰，要求报社和作者赔偿损失呢！""啊？那就诊记录上写得明明白白，怎么会有错呢？""记录是记录，事实是事实。我们已做了详细的调查，梅泽仁本人一颗牙也没拔过，拔牙的人是他的父亲、母亲、岳父、岳母、姑姥爷、舅丈人……""啊？"郑卓更加吃惊了，"那为啥都写在他的就诊本上？""因为，他是公费医疗！""原来如此！"郑卓猛然醒悟过来，"总编，我马上再写篇文章。"

郑卓的第二篇稿子很快就发了出来。这篇文章的轰动效应比上一篇还要大……

（庞洪成）

（题图：刘斌昆）

抢夺冠名权

　　那些年,社会上正风行花钱买冠名权的事儿,白家村的有些村民也热衷起此事来。

　　这一天,是白家村小学的开学典礼,村里一个叫"白米饭"的村民,他儿子白小弟参加完开学典礼回来,把新书包往地上一扔,就赌气不出声了。

　　白米饭见状忙问:"小弟,你妈给你买新书包了?"

　　白小弟不高兴地说:"不是妈买的,是白明明的爸爸白狗子捐的。校长说了,这书包就叫'白狗子'书包。"

　　原来,校长得知村上有人想花钱买冠名权,于是就发动他们捐款购买校内设施和物品,并且许诺,就以捐赠者的名字来为这些设施和物品命名。那些本来就"蠢蠢欲动"的人于是就热情响应,而白米饭这段时间正好出门在外,没赶上。白小弟见学校里的东西都叫上了别的小朋友家长的名字,所以心里老大的不高兴。

白米饭在三年自然灾害时出生,父亲饿怕了,就给他取名白米饭。这几年,白米饭虽说也挣下了不少钱,但他走的是歪门邪道,他曾经经自己的手生产过许多"中华"烟、"茅台"酒,但没一样敢用自己的名字堂堂正正地命名,如今能用钱以自己的大名命名,不就可以光彩一回了? 于是他连忙安慰儿子说:"小弟,别不高兴,爸爸也捐一样东西。告诉我,学校的课桌有人捐了吗?"

白小弟说:"有了,叫'白花花'桌子。"

"那椅子呢?"

"也有了,叫'白石柱'椅子。"

"图书室呢?"

"叫'白斜眼'图书室。"

"那——校服呢?"

"叫'白铁皮'校服。喏,就我身上这件。"

"那鞋子呢?"

"叫'白瘸脚'鞋子。"

"那足球、篮球、乒乓球什么的?"

"都有了,所有的球都叫'白壳蛋'。"

白米饭几乎问遍了学校里的每一件东西,白小弟都说出了认捐人的名字。

白米饭不死心,拉了儿子就往学校去,说:"走,找你们校长去,我就不信这学校里找不到一样东西能叫白米饭的。"

白米饭带着白小弟来到学校,找到校长。说明来意后,校长十分遗憾地对他说,他的这份热情学校心领了,但目前学校里几乎所有的东西都已经有人认捐了。

这时,白小弟要上厕所,白米饭心头忽地一亮,忙问校长,厕所有人认捐了没有。

校长一愣：厕所还需要命名？

但白米饭不死心，略一思考后问校长这厕所的造价。

校长心里默算了一下，说："一万。"

白米饭一拍胸脯说："好，我认了！"当下掏出一扎崭新的百元票给校长，"这是一万块，厕所我买下了。从今后，这厕所就叫白米饭厕所。"

白米饭取得了厕所的冠名权，心满意足地领着儿子回家了。

（韩仁均）

（题图：李　加）

信你不信我

　　何家坳有个农民何二狗，长得五大三粗，有一身好力气，只是四肢发达、头脑简单，只会在自家两亩责任地里刨食吃，农闲时晒个太阳，有时也凑个伙儿耍耍小钱，日子过得紧紧巴巴，到现在，家里只有一台小小的黑白电视机。

　　一个月前，二狗的妻子雅兰怀了孕，二狗心里一高兴，就动开了脑子：怎么也得找个临时活，挣几块钱给妻子补补身子。主意一定，他就进了县城。

　　谁知在县城里转悠了好几天，也没有揽到一个活儿干。这天早上，二狗正为此事发愁，天上下起一场鹅毛大雪，二狗眼睛一亮，叫声："好事来了！"赶紧打听，哪里需要清扫积雪的人。

　　工夫不负有心人！二狗从城东走到城西，经过县政府门前时，只见一位腆着将军肚干部模样的人正站在大门口，望着门前大路上半尺厚的积雪发呆。二狗不敢上去直接问他要不要找扫雪的，就故意在他面前放慢了脚步。

嗨，这下倒也真管用，"将军肚"看见二狗，就先开了口："小伙子，扫雪的活干不干？"

二狗一听这么问，喜得先点头后答话，嘴里一迭声地说："干、干。"

将军肚堆着笑脸说："行，就雇你干，只是有个条件，你必须在两小时之内，把县政府门前这段路上的积雪清扫干净，报酬么，50元钱，怎么样？"

"行，行。"二狗一边捋起袖口，一边连连答应。

将军肚转身从传达室里拿出工具，递给二狗，又再三叮嘱必须保质保量完成任务，随后就缩着脖子进屋喝茶去了。

二狗说干就干，没多会儿就累得满头大汗。眼看两小时不到，那段路上的积雪就被扫干净了，确切地说，只有西端还剩下一点点。这时候，将军肚忽然出现了，笑眯眯地将一张50元大票塞进二狗的手里。二狗高兴地将钱揣进怀里，正要继续挥锹攻下那块最后的"堡垒"时，将军肚却按住了他手里的铁锹，笑着说："行了，行了。小伙子，辛苦你了，你的任务就到此为止，快回家暖和暖和去吧！"

二狗一听，感激地放下铁锹，揣着那50元钱兴冲冲赶回乡下，一进门，便在雅兰的脸蛋上着着实实亲了一口，之后又摸着老婆的肚子说："儿子呀，你瞧瞧吧，爸爸我给你挣回钱来了，你们娘俩想吃点啥只管说！"二狗把自己的赚钱经过一五一十告诉雅兰，雅兰也喜得脸上笑成了花。

当天晚上，雅兰特意到小卖店打了半斤酒，犒劳二狗。可谁知二狗酒没喝几口，酒杯就被雅兰夺走了。原来地方台的晚间新闻里，正在播放一组机关干部们在县政府大院门前的路上挥锹抡镐清理积雪的镜头。播音员抑扬顿挫的声音显得特别清晰：政府机关干部冒寒扫积雪，精神文明风貌报春展新姿……

雅兰觉得自己被二狗骗了，顿时心中火起，指着他的鼻子大骂："何二狗，你这个臭不要脸的，县政府门前的积雪明明是那些机关干部们清扫的，你竟然骗我说是你一个人干的。你快坦白，这 50 元钱到底是从哪儿弄来的？"雅兰说着，将那 50 元从口袋里掏出来，狠狠向二狗摔去。

二狗心里冤枉啊，却又没法解释，真恨不得把电视机砸个稀巴烂。面对越吵越凶的老婆，他一时性起，一巴掌向她脸上扇去。雅兰向右一躲，不想脚下一滑，被一杆刚刚从邻家借来的大秤触到了肚皮，立刻大叫一声，倒了下去。

雅兰流产了！第二天上午，她在医院里提出要与二狗离婚，不管二狗怎么解释，也不改变主意。

二狗急得大汗淋漓，拼命给岳父母磕头求情，却无济于事；又求村长、主任帮忙做工作，也无人搭理。因为无论是谁都相信电视，不相信二狗。

走投无路的二狗跌跌撞撞地回到屋里，一口把那半斤酒灌进肚里，顺手操起那根秤杆，对着电视机吼道："为什么大家都信你不信我？"

"砰——"砸下去的声音惊天动地，电视机的屏幕玻璃碎了一地。

（吴　祥）

（题图：魏忠善）

种瓜得豆

　　马乡长在县城用公款购买了一部手机，为此他暗暗兴奋了好几天，虽然手机今天在城里相当普及，但在尚未脱贫的富民乡，手机却往往是一个人身份和地位的象征。

　　从县城回来，离乡政府还有半里路，马乡长立即叫司机把车停住，自己从里面爬出来，一口气跑到山坡上，望着乡政府拨通了电话。接电话的是办公室秘书小王。小王一开始以为马乡长还在县城呢，可马乡长说他现在就站在对面的小山坡上。小王半信半疑，冲出去一看，果不其然，马乡长正站在那里朝他挥手呢。

　　马乡长打完手势，收起手机，驱车就往乡政府赶去。人还未下车，十几个乡干部就窝在大院子里等着他钻出车来。马乡长先朝众人招手致意，接着叫众人不要说话，神色自若地掏出手机对着乡政府的电话拨号，可一连拨了好几次，说什么也拨不通，手机一个劲地发出"无路无路"的响声。

马乡长急得满脸大汗，脸都快涨成了猪肝色。他强压住火，对大家说："这家伙还欺生呢。"

忽然他灵机一动，飞快地跑到办公室，拿起电话拨他的手机，电话里立即传来一个银铃般的女中音："对不起，你拨的用户没有开机，或已超出服务范围。"马乡长一听，顿时火冒三丈："胡说八道！机子明明是打开的嘛！"旁边的司机这时提醒他，刚才在山坡上，手机不是好好的吗？于是就建议他再到山坡上去试一试。

上了山坡，马乡长匆匆打开手机，一拨，乡政府的电话就通了。马乡长如释千斤重担，脸上露出了轻松的微笑。谁知，这手机好像故意和他捣蛋似的，一到乡政府，他的手机拨任何地方，就是拨不通。马乡长气急败坏，拿起办公室的电话，责问电信局到底出了什么事，电信局的小姐告诉他所处的位置肯定是盲区，手机打不通是正常现象。

马乡长一听愣住了，只好自认晦气。不过，从此之后，马乡长却总是机不离手，左手玩了，又换右手，手里像捏着健身球似的。他还对秘书作了特别交待：凡是一般电话找他，就问准对方号码，让对方等他回话。马乡长便记好号码，一溜小跑冲向半里远的山坡上回话，其速度堪称"飞毛腿"。

然而，没过半年，上级下文，对乡镇干部用公款购买手机的行为进行了批评，勒令有关人员十天之内必须上缴手机，否则就将作违纪处理。马乡长眼看大势已去，只好忍痛割爱，把手机交了上去。

没想到，事隔不久，县里举办乡镇体育比赛，马乡长参加百米赛跑，竟一举夺得冠军！

（马国旗）

（题图：李　加）

给牛看病

　　这天,乡政府通讯干事小沈跟吴乡长下乡。

　　车行途中,小沈见路旁有个中年妇女在放牛,他脑子一转,讨好地对吴乡长说:"吴乡长,我给你拍张替牛看病的照片,怎么样?"

　　吴乡长哈哈大笑:"我又不是兽医,也从来没给牛看过病。"

　　小沈说:"你是农大毕业的,兽医方面的东西多少学过些,你利用下乡机会给老百姓的牛治病,这照片登出来准不错。"说完,不等吴乡长表态,小沈便让司机停车。

　　吴乡长嘴上说"算了吧",身子却已钻出了小车。

　　小沈便招呼中年妇女说:"大嫂,问你借头牛用用。"随即就要吴乡长掰开牛嘴巴,装着给牛诊断的样子,自己端起照相机后退几步,准备拍下来。

中年妇女见吴乡长突然下车来掰她家的牛嘴,急得直叫:"你掰牛嘴干吗?"

吴乡长一愣,小沈大声回道:"他是吴乡长,他在给你家的牛看病。"

中年妇女一把牵过牛,说:"我家的牛好好的,哪有病?"

小沈连忙解释说:"我们这是拍照,又不是真的给你家牛看病。"

中年妇女这才不吭声了。

于是吴乡长便让中年妇女按住牛头,他自己掰开牛嘴巴,摆出一副给牛诊断的样子,小沈忙端起照相机,"嚓嚓"照了两张。

完后,两人便又坐上小车走了。

一个星期以后,吴乡长给牛看病的新闻照片在县报头版显著地位登出来了,照片下面还有一段文字说明:农大毕业的吴乡长,经常利用下乡机会给村民家的病牛治病,深受村民的称赞。

小沈拿着报纸越看越高兴,就兴冲冲地去找吴乡长邀功报喜,没想吴乡长到县里开会去了。

第二天,小沈刚上班,县委宣传部一个电话把他叫了去。

小沈心想:新闻照片上头版不是常有的事,看来好事儿来喽!他三步并作两步踏进县委宣传部办公室,谁想抬头就见上回给吴乡长拍照时遇见的那个放牛的中年妇女,正坐在沙发上抹眼泪。

中年妇女一见他进来,站起来冲着他就说:"就是你拍的照片,你赔我老公医药费。"

小沈闹懵了。

小沈怎么也不会想到,这个中年女人家里很穷,上个月,她家一头老牛突然病死了,没了牛,地就没法耕,她和丈夫只好东借西凑弄了两千元,又去买了一头牛。牛买了,债也背上了,为还债,她丈夫便到一家建筑工地打工。昨儿中午,她丈夫在工地的报栏里看到小沈拍的照片,怎么自己老婆也在照片上? 新买的牛又病了? 她丈夫没心思再干活了,赶紧向人借了辆摩托车,骑着就直往家赶。谁知这一急就出了事,摩托车开到山路拐弯处时翻进了沟里,她丈夫腿摔断了。中年妇女一气之下拿着报纸告到了县里。

　　这下可好了,一心想邀功领赏的小沈像傻子似的呆呆地站在那里,平时的机灵劲儿全不见了。

(张伟良)

(题图:李　加)

斩龙灯

　　龙山一带农民喜爱舞龙,跷脚阿三就是舞龙头的好手,他能舞出一套极有自己特色的动作:左脚一跷,龙头向左一点头,喷出一股火;右脚一踮,龙头向右一摆首,射出一支水;整条龙身在舞动时不断变换色彩,煞是好看。

　　果然,这支龙灯队在全省民间艺术节的演出大赛中一举夺魁,精湛的舞龙表演深深吸引了前来观摩的外国友人,一位名叫路易斯的大胡子紧紧握住跷脚阿三的手,热情洋溢地对他说:"OK! 太精彩了。我邀请你和你的龙灯队到我的家乡来,参加一年一度的狂欢节!"

　　第二天,路易斯就通过省对外演出公司把电话打到村里,要求把这支龙灯队十三名舞龙手和五名锣鼓手共十八人的名单尽快落实好,准备办理出国手续。

这里尚属贫困山区,出国可是件难得的事情。消息一传出,村主任马大帅带着他老婆胖嫂立刻找到阿三,说:"你弟妹吵着想出国,这次机会来了,你无论如何得捎带上我俩一起去开回洋荤!"

阿三为难地说:"人家只给我们十八个名额,没法多带呀。"

马大帅说:"没事!我已经说通两名舞龙手让出位置,村里会给他们补偿的。"

阿三仍皱着眉头:"可你们又不会舞龙。"

胖嫂忙接口:"这事好解决,你想,外国佬又搞不清楚中国龙到底有几节。干脆,十三节的龙从中间斩掉两节,外国人看不出来的,嘻嘻。"

阿三听了,倒抽一口冷气:"这龙能斩么?"

马大帅说:"能斩!这又不是真龙,该长该短还不是我们说了算!"

阿三朝马大帅摇摇头,自言自语道:"从上八代祖宗到如今,还没听说过能斩龙……"

马大帅却不耐烦地拍拍他的肩膀,说:"别讲老祖宗的故事了,你要求建房的申请还在我这里,等出国回来,马上就批给你,行不?"

阿三还在犹豫,妻子翠花一听急了,忙叫嚷着:"斩,这就斩!"

可真的要斩却不简单,阿三极不情愿地把龙袍撕开,龙肚里装的全是有色灯泡和机关,龙骨要斩断,线路灯泡就要重新调整。阿三忙活了大半天,好不容易斩完工,正打算重新缝上龙袍时,村里的会计刘阿四赶来了。

阿四在马大帅耳边悄悄说:"王支书发话了,说你去他也去,不但他去,他老婆也要去。"

马大帅一听懵了,但再一想,去就去吧,与支书关系闹僵不好办事。再瞧瞧刘会计,他是知情人,干脆一起去得啦,于是对阿三说:"看来,还得斩掉三节。"

"不行!"阿三犟脾气上来了,"再斩三节我无论如何不干!"

马大帅耐着性子劝道:"你呀,你不想想:你家翠花是村妇代会主任,正好归支书管。这次不让他一起去,来年妇代会改选就没翠花份啦!"

翠花听了,一把拉过阿三,手指触到他额骨头:"你这死脑筋,他们哪个能得罪?要斩就斩吧!"

这下可好,十三节龙灯不到一天时间就变成了八节。就在阿三和翠花忙得晕头转向时,忽见副支书、副村主任、治保主任、调解委员四个人齐刷刷站在大门口,一个个用期盼的眼光看着屋里的四个人。

马大帅心中有数,他们都想出国,可这龙再斩下去就不成龙了,他为难地问阿三:"这龙还能斩吗?"

阿三没好气地说:"干脆,捧个龙头去得了!"说完,只觉得一阵天旋地转,一屁股坐倒在地上。

翠花一见急了,忙扶住阿三,嚷道:"你可不能倒下哇,龙头没了,谁都去不成!"

阿三长吁出一口气道:"你看这帮人,不去不成,去了也不成,难道连锣鼓队也不带,捧个龙头龙尾去展览?"

马大帅一听这话,触动灵感,狠狠一拍大腿道:"办法有了!"

这马大帅是猴子耍把戏,本事大着呢!第二天,他就亲自去了趟省城,找到一家音像制作公司,说要录制一张敲锣鼓的磁带,打算利用现代科技手法,把那五个锣鼓手撤下来。音像公司的人一听,说:"行,我这里有现成的喜庆锣鼓,还配着电声音乐呢!"马大帅高兴极了,拿回阿三家一放,嘿!这声音果然比锣鼓手敲打好听得多。马大帅得意地说:"怎么样?这主意不错吧。

这样一来,问题全解决了。"

问题是解决了,可那节奏同手敲的不一样,阿三强打精神带领剩下的队员重新排练,足足练了七天,总算跟上了节拍。

而这七天中,马大帅也没闲着,积极做那些被撤下来的队员的思想工作,好说歹说,最后给每个人补偿了一千元钱,才算完事。

阿三问他:"你哪来这么多钱?"

马大帅笑笑:"为了搞好这次活动,只得动用原本打算修路的钱,头痛救头去!"

阿三听了心里很不是滋味:真后悔当初答应大胡子,这下倒好,路也修不成了,真是造孽阿! 他回家见翠花也在忙着准备出国,气恼地呵斥道:"你们这是一厢情愿,那个大胡子见不到十三节长龙,听不到中国锣鼓,一犯恼,这事儿还能成? 到那时一场空欢喜,我跷脚阿三岂不成了掉进风箱里的老鼠——两头受气?"

离出国还差半个月时间,大胡子路易斯果然放心不下,在省对外演出公司沈科长陪同下突然来到龙山村,说是要再看一次彩排。

马大帅把龙灯队和准备出国的所有人员全部召集到大礼堂,刘会计"啪"打开录音机,顿时锣鼓声大作,跷脚阿三撑起龙头,带着八节龙舞动起来。虽然今天这龙足足短了十五米,但在跷脚阿三的精心排练下,仍然舞得有板有眼。

马大帅站在路易斯旁边看表演,尽管他平时一直在壮阿三的胆,可今天自己的心里也直发毛,他紧盯着路易斯,看他有什么表情反应。只见路易斯先是皱了下眉头,接着又摇了摇头,但随着那美妙的电声音乐和阿三特有的舞步,路易斯终于笑了,而且越笑越开心。直到此时,马大帅心中的石头才放下了下来。

一曲终了,路易斯快步上前,握住阿三的手说:"太棒了! 十三节龙变成了八节,手敲锣鼓变成了电声音乐,中西结合,洋为中用,改造得太巧了! 这是你的杰作?"

阿三一时识不透路易斯是夸奖还是讽刺,有点结巴地说:"这……这是我们村……村主任的杰作。"

路易斯一听,忙又握住马大帅的手,使劲地摇着:"了不起的村主任先生,实话告诉你,我接到国内通知,由于这届狂欢节参加人数实在太多,组委会要求各演出队压缩人员,我正愁你们的龙能不能斩掉五节,想不到你们已经斩了,还额外省去了锣鼓手,一下子为我们省了十个名额,真是太感谢了!"随后,他又激动地对沈科长说:"请沈先生快把这八名队员的身份证收上来,准备立即办理护照。"临走,他又高兴地跟跛脚阿三打招呼:"半个月后,我在大洋彼岸迎接你们!"

跛脚阿三的龙灯队真的要出国了,路易斯也心满意足地走了。可马大帅却愣在那里半天挪不动步子,心中如同打翻了的五味瓶——说不出是啥滋味。

(印振武　黄金森)

(题图:魏忠善)

租 树 坑

　　有个人叫老关，在机关工作了一辈子，退休后回到故乡。他没啥兴趣爱好，在家呆久了，觉得闷得慌，就找到本家侄子，要替他到后山栽树。

　　侄子很爽快地答应了，于是老关就兴致勃勃地扛着铁锹进了后山，一直到太阳正午才下来。

　　侄子问他栽了几棵树，老关说："一棵也没栽。"

　　"那你一上午在山上干啥来着？"

　　老关说："找树坑啊。"

　　原来老关年年陪领导在摄像机镜头前栽树，都是往现成的树坑里扔两锹土，现在镜头没有了，连坑也找不着。

　　这事很快传了出去，正巧村里刚卖掉不少大树，留下许多树坑,于是村里人就和老关开玩笑:"听说你到处找树坑,俺那儿就有俩。"

一个人这样说,两个人这样说,说来说去的,老关脸上挂不住了。他心里挺生气:龙是龙、鳖是鳖,喇叭是铜锅是铁。我再怎么着,也比你们高明点儿!

于是以后谁再取笑他,他就说:"那你把那俩坑租给我吧,租期一年,租金两块。"

村民们再穷,倒也不在乎这两块钱,可是大家想不透老关租树坑干什么。栽树苗吗?一棵树苗还卖不到两块钱呢;若是养鱼的话,这坑也未免太小了点儿,再说还漏水。

大家都觉得好奇,于是说好了一起把树坑租给老关,看他用来干什么。

那老关呢,自打租下了这些坑,既不养鱼,也不种树,只是从山上割了些荆棘摆在坑旁,不让人畜靠近,别的什么都没干,一天三晌端着茶杯坐在树下,唠嗑下棋。

日子就这么一天天地过着,这些坑除了坑壁上截断的树根渐渐发出了枝条、抽出了嫩叶,其他什么也没变。眼看租期将到,村民们的好奇心越来越大,成天盯着老关的一举一动,可是老关还是一天三晌端着茶杯坐在树下唠嗑下棋,什么动静也没有。

终于有一天,从菜贩小坤那里传来了消息,说老关开始行动了!老关要小坤每天从城里卖菜回来,先到他那儿领一块钱。第一天是这样,第二天是这样,第三、第四天还是这样。到了第五天,老关给小坤一块钱的时候多了句话:"明天你不用来了。"然后,老关让侄子把每个坑旁的荆棘拉开,把坑壁树根上长出的枝条割下,全部拉到城里东风路74号门前吆喝,少三千不卖。

荆棘这玩意儿也能卖?还指定地点、规定价钱?有两个小伙子止不住好奇,跟着去了。

结果连去带回也就两个小时,小伙子说,东风路74号是绿化管理处,老关的侄子到那儿吆喝了没十分钟,里面的人就跑出来,三千块价一分没还就全要了去。

村民们傻眼了:就这号买卖,老关赚了多少钱啊!

大家问老关葫芦里到底卖的什么药,老关笑笑说:"哈哈,每年四月份上级都要来检查绿化情况,可是大树新栽,就算活了,最早也得五月份发芽。这些枝条呀,是专门卖给他们钉在树上,应付上级检查的。"

村民们听得一愣一愣的:"还有这事?可是你怎么知道上级哪天来检查?"

老关得意地说:"春江水暖鸭先知。上级要来检查,清洁工必定会提前两天打扫卫生,净水洒街。卖菜的小坤每天进城,我只需看看他身上灰尘多少,就知道上级要不要来。"

村民们不得不服:这老关,高,实在是高呀!

(张东兴)

(题图:张 恢)

文化站来了客人

　　位于国道旁的西平乡文化站方站长,最近老是发牢骚,说自己单位没有客人来,一年到头冷冷清清,嘴巴都淡出鸟来。

　　这一天,方站长刚上班,顶头上司林乡长就风风火火地推门进来,说:"老方,刚接到省文体厅的电话,说他们有一位姓刘的处长出差路过咱们乡,听说咱们乡《文化志》修得好,要来看看!"

　　一听说省里要来客人,全站人都高兴得跳了起来,方站长一把拉住林乡长的手说:"乡长,省里来客人难得啊,今天你可要亲自作陪喽!"林乡长朝他摆摆手:"我有急事要下乡,你们自己负责接待,午饭就安排在喜来楼,标准高一些,我已经给办公室主任交待好了。"说完,他就夹着公文包走了。

　　文化站来客人,可谓是久旱逢甘霖,方站长领受了任务就如同接到了战斗动员令，立即把全站人员集中起来，擦桌子的擦桌子，拖地板的拖地板，烧开水的烧开水……一切准备停当，客人果然来了，是一位西装革履、提着大公文包的帅小伙子。方站长亲切地叫一声"刘处长"，把小伙子迎进办公室，手下一帮人又是递茶又是敬烟，热情得不得了。

一阵寒暄过后，这个刘处长掏出名片说："方站长，我这次来有两个任务：一是听说你们《文化志》修得不错，想来看看，帮你们总结总结经验，好向全省推广；再一个嘛，省厅最近编了一套书，想请基层文化站帮助征订，请你们多多支持。"方站长一听，心里顿时打了个疙瘩：一年到头没人来，今天来其实是来推销书的啊！可面对省里的领导，他哪里敢说个"不"字，只好恭恭敬敬地接过名片，满脸堆笑地问："请问刘处长，这书多少钱一套？"

"不贵，不贵。"刘处长摆摆手说，"全套书 11 本，只收 480元。"随即又压低声音补充说，"其中 180 元是发行费，是给你们个人的辛苦费。"方站长一听，虽说有辛苦费，可毕竟一套书要 480元，太贵了，他倒吸一口冷气，嗫嚅着说："刘处长，我们的经费……嘿嘿……经费有些紧张……"

哪知刘处长就像没听见他的话似的，从公文包里取出一大叠订书协议，递了过来："你看，有的乡镇一口气订了二十几套呢，对我们工作支持很大，听说你们是市里的先进，总不能落在别人后面吧？""那是，那是。"方站长见刘处长说话咄咄逼人，好不气恼，但又不敢得罪，只好唯唯诺诺地应付着，心里急得如十五只吊桶打水——七上八下。

刘处长见方站长犹犹豫豫的样子，"嘿嘿"一笑，又从手上的大公文包里拿出一摞印制精美的画册，说："这套书也不错，也是要求你们征订的，许多内容都是刚解密的历史档案，我保证你们订了不后悔！再说还有发行费，你们不吃亏嘛！""嗯，嗯。"方站长无可奈何地接过画册，漫不经心地一页一页翻了起来。

哪知他不翻不要紧,一翻吓一跳:画册上有一幅图跃入他的眼帘。他发现这幅图是初中历史课本上的,因为这几天他正好在给儿子作历史辅导的准备,而现在这本画册上的文字说明却是"旧社会的兵匪"。这是怎么回事?方站长脑子里的弦绷紧起来:难道这画册是伪劣货?这个处长是……假冒的?对了,他刚才来的时候没有出示省里的介绍信呀?

方站长这么一想再也坐不住了,借口要去卫生间跑出办公室,想打110报警。可他掏出手机,心里不觉又犹豫起来:万一报错了呢?再说,真要报了案,上头肯定要派人下来查,陪时间陪精力不说,招待费肯定免不了……他犹豫片刻,心里有了主意:先得想办法弄清真假。如果确实是假的,撵走最省事。他脑子一转,重新回进办公室,把画册往小伙子面前一甩,说:"对不起,还是收起你这些粗制滥造的破玩意儿吧!"

小伙子一听,跳了起来:"你这同志,怎么这样说话?"大家也被方站长突如其来的举动惊得目瞪口呆。方站长也不多说话,"啪"从抽屉里拿出儿子的历史课本,翻到这幅图的那一页,往小伙子面前一拍:"你自己看看吧!哼,我们可是管这个的!"

果然,小伙子是个骗子,他一听这话暗暗吃了一惊,再一看图,就像吃了闷心拳一样不吱声了。今天是小鬼撞见阎王了,他赶紧收起画册,打哈哈说:"不好意思,我时间很紧,还要到别的乡镇去,就此告辞了,告辞了!"他边说边就脚底抹油般的溜出去了。

方站长看着小伙子狼狈逃窜的背影,如同打了胜仗般高兴,脸上露出了得意的笑容,他长长地舒了口气,却突然发现大家嘀嘀咕咕地正在悄声说着什么。他瞪着眼睛问道:"都怎么了?有话就说呀!"可是没人说话,大家都直瞪瞪地看着他。方站长点燃了一支烟,吸了两口,一看手表,忽然像想起了什么似的,把手一挥,对大家说:"赶快,都跟我来!"大家不知他葫芦里卖的什么药,一窝蜂跟了上去,三步两步来到大街上。

　　大老远,大家看见刚才那个自称"刘处长"的小伙子正急匆匆地在前面走着,方站长赶紧追着喊:"刘……喂,你给我站住!"小伙子回过头,看见方站长带着一大帮人正向他追来,吓得两腿直打颤:"你、你们要干什么?"方站长"嘿嘿"一笑:"不干什么,你跟我们走一趟!"小伙子脑子里"嗡"的一声:"完了,现在是老鼠钻牛角——无路可逃了。"只好老老实实跟着走。

　　于是,方站长在前,一帮人把小伙子夹在当中,沿着大街一路走着。不一会儿,他们走到当街一家挺气派的餐馆门口,方站长朝小伙子一打手势说:"请你和我们一起吃顿饭。"小伙子不禁惊讶万分:他们这是在唱哪出戏?

　　正当他云里雾里惊得不知所措的时候,从餐馆里迎出一个人来,乐呵呵地说:"这位就是省里来的刘处长吧,久仰,久仰!我是政府办主任,已在此恭候多时。刘处长,里边请!"小伙子一听这话总算明白了:原来这顿饭是吃公家的呀。他看了看他身后的那群人,心里说:"原来你们也和我一样姓'骗'呀? 这顿饭是不吃白不吃了。"想到这里,他心里顿时轻松了不少,于是一抹头发,挺起胸脯,拿出领导的风度,说了声"大家请",抬步跨进了餐馆。

　　这时方站长扭过头来,把手一挥,对大家说:"现在其他话都别说,咱们一起陪省里来的刘处长吃顿饭!"大家对方站长的这番话自然心领神会,"轰"的一声就簇拥着小伙子,一起走进了餐馆。

　　这顿饭一直折腾到太阳西斜,一个个喝得舌头麻木、分不清东南西北,方才收场……

　　　　　　　　　　　　　　　　　　　　(谢元清)

　　　　　　　　　　　　　　　　　　(题图:魏忠善)

挂标语

　　办公室高主任从局长那里出来,怀里抱着一团红彤彤的东西,大步流星地走进办公室,招呼大家说:"都过来,都过来,开个会。"办公室里坐着或站着的老宋、大张、小赵、小陈,听到喊声都聚拢过来。

　　高主任把怀里的东西往桌子上一放,端起茶杯"咕咚咕咚"灌了两口,随后"一、二、三、四"扫了大家一眼,敲敲桌子说:"现在人都在,咱们开个紧急会议。"他边说边把桌上的东西打开。大家一看,原来是一条红底白字的标语,上面写着十个大字:治理污河水,造福全市人。

　　高主任说:"刚才局长布置了,在防汛关键时刻,让咱们办公室完成一个重要任务,就是挂这条标语,挂在单位门口,市里今天下午要组织检查。"

大家一听是个爬高出力活儿,都耷拉着头不吭气儿。

高主任说:"当然了,挂标语是个体力活儿,得爬高上梯,扯绳,钉钉,用铁丝拧……再说,也有一定的危险性。为同志们的安全考虑,谁参加,给谁办一份鸿运人身保险。"

大家一听可乐了:挂标语还给办保险,这也太夸张了吧? 于是一哄而上,摩拳擦掌都要去。

小陈冲高主任飞个媚眼,晃晃自己的红色高跟鞋:"高主任,光办保险可不行,穿这个鞋怎么上梯子呀?"

高主任说:"那大家说说,该穿什么鞋? 只要是合理要求,在防汛这件事上花点钱也不是不可以的嘛!"

"买'耐克'运动鞋!"小陈眉飞色舞又得寸进尺地说,"高主任,光有鞋还不行,还得有袜子呀,这样才显得般配。就买'浪莎'吧,好不好?"

高主任十分爽快地点点头,说:"可以。大张,你记一下,立刻去买,任务不等人啊! 大家还有什么要求,再提提,物资供应是胜利的保障嘛。"

这一来,办公室里可就热闹了。

老宋说:"高主任,给每人买顶太阳帽,买副手套,最好再配副太阳镜……还有,我有恐高症,一上梯子就犯病,得准备点速效救心丸。"

小赵说:"高主任,咱们科抽烟的人多。没烟抽,考虑问题就没有好的思路;思路没有了,就会直接影响到任务的完成。我提议,给大家买条中华烟……"

大张在一边不等小赵把话说完,就急着打断道:"我说高主任,光抽烟也不中,要是挂标语时渴了、饿了呢? 在又渴又饿的状态下肯定干不好活儿! 我提议,给大家办点火腿肠、矿泉水之类的食品……"

高主任一边听着，一边不住地点头，沉吟道："还有很重要的一点，大家想没想过啊？挂标语时有的人在梯子上，有的人在梯子下，也可以说是有的人在天上，有的人在地上，怎么方便彼此间的联系呢？我建议每人配一部手机，就买那种彩屏的、能够上网、能够拍照的，这几天电视里天天在做广告……"

就这样，大家你一句、我一句不断补充完善，最后，挂标语所需物资清单总算出来了，高主任清清嗓子，郑重地向大家念了一遍：鸿运1000元人身保险1份，共5份，就在高主任太太上班的太平洋保险公司办理；太阳镜5副；太阳帽5顶；手套5副；速效救心丸5瓶，如不要此药，可折价购其他药物；中华烟1条；王中王火腿肠1箱；娃哈哈矿泉水1箱，喝不完可兜着走；摩托罗拉手机5部；麻将、扑克各一副，供挂完标语后娱乐之用，以尽快恢复体力，投入新的工作；最后，伊香斋888元庆功宴一桌，工作总有个善始善终嘛！

接下来，大家说干就干，用两个小时把所需东西买全。由于物质准备充分，结果标语只用半个小时就挂好了。然后他们又按计划去伊香斋吃饭，整整用了三个小时，热热闹闹地庆祝了一下。总算起来，为完成这次挂标语任务，办公室前后一共用去一万八千八百八十八元。

第二天上班，业务科的孙科长拿着一张发票来找高主任签字报销。高主任接过发票一看，上面写的是：防汛标语一条，材料及制作费：50元。

（刘国栋）

（题图：魏忠善）

消防演习

因为一次偶然的疏忽,张大毛单位里发生了一起不大不小的火灾。谁都没有经历过这种场面,当时大家只顾赤手空拳地逃命,谁也没想到要抢救国家财产。

这让分管他们工作的上级领导很不满意,领导在大会上说:"生命诚可贵,但国家的财产也不是不值钱啊,我们怎么能为了逃命而弃国家财产于不顾呢?"

于是单位请来消防队员给大家上课,还说最后要进行一次模拟演习,到时候要给每个人打分,分数高低直接和年终奖挂钩,要求大家既要保证生命安全,也要尽量保护国家财产。

张大毛的科长是个很会动脑筋的人,为了避免大家到时候只顾逃命,或者为了年终奖高低而"争相保护国家财产",伤了彼此的和气,于是就提前把办公室的财产"承包到户",到时候谁扛电脑,谁搬传真机,谁拿重要文件……都一一安排好。

这天上午,大家正各自忙于自己的工作,忽然楼道里冒出一股浓烟,马上有人反应过来:"演习!演习开始了,大家快跑啊!"

也许因为知道是演习,所以没有人逃命,大家都纷纷抢救起国家财产来,张大毛和小唐以最快的速度把电脑分开,张大毛抱显示器,小唐抱主机箱,剩下的人搬传真机的搬传真机,抱文件的抱文件……

等来到楼下空地上,领导早已等候多时了。

没想到领导的脸色比上次更难看:"我们是演习,不是在演戏啊!你们怎么就没有一个人想到去灭火呢?我还故意吩咐把灭火器放在你们必经的过道上……你们抢救出来的东西,难道会比这栋大楼还值钱吗?"

大家都愣住了,你看着我,我看着你,哦——原来还要救火啊?

(苑广阔)

(题图:李　加)

李老汉办证

李老汉一大早赶了十几里山路去镇土地所办土地证，结果管公章的不在，一直等到他们下班关门，管公章的也没来。他第二天一大早再去，十几里山路走出一身的汗，可还是没办成，所里人说，领导不在，只有等领导签了字，管公章的才敢把公章盖下去。

李老汉真是有火发不出，想想自己走一趟不容易，纵然平时脑子再活络，现在也只好耐下性子等着。可一直等到太阳落山，也没等到领导的影子。

李老汉是要等着这土地证去办事情的，没办法，只好第三天再去。

这回管公章的和当领导的都在了，李老汉总算松了口气。

可谁知,当领导的却拍拍李老汉的肩说:"告诉你一个好消息,为了改变机关作风,密切干群关系,镇长决定后天亲自率领各部门领导到你们村现场办公,你就回村里去等着吧!"

李老汉一听这话差点跪地求饶,带着哭腔说:"求你们今天给我办了吧,我一个平民百姓,哪敢惊动'各部门'啊!"

可领导却不答应,领导说:"这是我们应该做的,你上来三回了,难道我们下去一回都不应该吗? 这事就这样定了,你回去等着吧。"

领导的话向来是一锤定音,李老汉只好怏怏而回。

隔了一天,镇长果然率领各部门领导到李老汉的村里去现场办公,后面还跟了一大帮镇电视台和报社的记者,还拉出一条大红横幅:为民办事现场办公会。

村长见各部门领导都来了,哪里敢怠慢? 于是一面带着人鞍前马后地伺候,一面差人去叫李老汉。

可一个时辰过去了,就是不见李老汉的人影。村长奇怪了,派人去催,李老汉依然在屋里磨蹭。

村长不知道李老汉葫芦里卖的什么药,其实李老汉刚派孙子来现场"火力侦察"过哩!

孙子回去对李老汉说:"爷爷,你快去吧,他们等得急死了。"

"急什么?"李老汉撇撇嘴说,"今天得让他们也尝尝等的滋味。"

孙子一听,着急地嚷起来:"不行啊,爷爷,要是他们等不及走了呢?"

"哪能啊!"李老汉十分有把握地说,"你不懂,这帮人等着上电视上报纸,我这把年纪了,宣传起来形象最好了,这么好的机会,他们哪能会轻易放了呢!"

正说着,村长又派人来催了,还交待说,这次无论如何要把李老汉带去。

　　李老汉这才一步三摇地出了家门。

　　村长一见李老汉，气呼呼地说："你派头好大啊，请你三回都请不动，难道还要轿子去抬你不成？人家领导在百忙之中抽出时间上门服务，你对得起领导的关怀吗？"

　　"不好意思，不好意思！"李老汉搓着两只大手说，"唉，实不相瞒，我们家管印章的儿子不在，儿子来了，管大权的老婆又出去了，她不点头，我咋敢来？只好在家里干着急。"

　　镇长不知内里，一听这话，诙谐地说："我说你这位同志啊，你们家分工这么细，办事效率太低了，不改革不行啊！"

　　全场一阵哄堂大笑，土地所那个当领导的，真恨不得钻了地洞才好。

（翁　飚）

（题图：李　加）

人 心 难 测

判断一个人,与其听其言,不如观其行。因为,虽伶牙俐齿而行为令人不敢恭维的人,随处可见。

不见不散

　　快下班的时候,老莫接到一个电话,对方是个娇滴滴的女声:"你大概已经把我给忘了吧,你知道人家现在还惦记着你吗?"

　　老莫一惊,不过心头还是掠过一丝暖意,声音有些激动:"你……你是谁?"

　　"别问我是谁!星期天上午9点,咱们'发发发商城'门前见,我等你。"

　　老莫不甘心地追问道:"你到底是谁呀?"

　　对方就是不肯说:"见面不就知道了?到时候你得准时到呵,咱们不见不散!"说完,"啪"把电话挂了。

　　老莫的心像被什么抓挠着,痒痒的,放下电话,他一连抽了几根烟,也没理出个头绪。

好不容易熬到星期天上午,老莫起了个大早,把浑身上下收拾得干净利落,然后对妻子说声"今天约了个客户",就揣着颗"通通"乱跳的心出门,直奔发发发商城。

来到商城门口,只见人头攒动,热闹非凡,原来今天是商城翻修后重新开张的第一天。老莫心里暗暗叫苦:放着什么地方不能去,偏偏选中在这鬼地方见面? 人这么多,怎么找到那个她呀? 老莫后悔自己当时没有问清见面的具体地方和接头暗号。

他在人群中来来回回地搜寻了半天,像是大海捞针一般,最终还是一无所获。倒是先后遇见几位头发油亮、西装革履的办公室同事,大家都是匆匆招呼一句,却掩饰不住彼此的尴尬。老莫心烦意乱,最后只好逃回家去。

第二天,老莫刚走进办公室,就听到同事中一位"小广播"在手舞足蹈地发布消息:"你们知道吗? 昨天发发发商城开业,商场里的人居然事先打了很多匿名电话,蒙骗了一帮大傻帽去捧场,这事儿今天都见报了。听说呀,不少像你们这样的白领也上当了呢!"

老莫和那些他昨天在商城门口见过面的"熟面孔"都不答腔,只是相视一笑。可那笑的样子,比哭都难看!

(一　夫)

(题图:李　加)

喜得贵子

　　老树湾村有个老光棍叫张富贵，今年五十多岁，人老实，长得又丑，孤孤单单地活了大半辈子，都半截身子入土的人了，可做梦也没想到，咸鱼也能翻身，突然之间他的命运竟发生了翻天覆地的变化。

　　事情的起因是张富贵在村前的池塘边救了一个落水的小孩。该着他走运，若是普通人家的孩子也罢了，可这小孩的父亲是乡里红得发紫的何老板，别看何老板管的只是乡里的一个私营企业，但神通广大，是个吃得开、走得动的大能人！何老板快四十岁了才添了这个宝贝儿子，赶到出事现场后，他不顾身份"扑通"一声就跪在张富贵的面前，吓得张富贵双膝一软也跪倒在地。后来，何老板来到张富贵家中，硬要塞给张富贵一笔钱，张富贵不肯收,何老板把张家上上下下打量了一眼,说:"老哥,大恩不言谢,我先走一步,你等着瞧吧!"

果然不久,好事就来了,张富贵先是被请到乡政府礼堂里,披红挂彩地坐上了主席台,当了回"见义勇为"先进个人,接着年底市里又召开"见义勇为"表彰大会,张富贵被拥着戴上大红花,坐在了最前排。

开完会回来,大名鼎鼎的媒婆何三姑就主动找上了张富贵,要把前村的马寡妇说给他。张富贵一听,乐得嘴巴咧到了耳朵根,傻乎乎的一个劲直点头。那马寡妇也是孤身一人,于是两人新事新办,两天后,马寡妇就背着小包袱住进了村里为见义勇为英雄修茸一新的家中。张富贵枯木逢春,老枝发新芽,那欢喜劲自然就不用说了,好几次梦里都把下巴笑脱了臼。

却说正月初十这天,何老板的小车停在了张富贵的家门口,何老板带着一个眉清目秀的小伙子,一下车就嚷:"老哥,我给你拜年来了。"张富贵闻声从炕上跳下来,鞋都没穿就迎了出来。他不糊涂,知道自己能有今天,全托何老板的福,所以赶紧让老婆杀鸡弄酒伺候贵客。一起来的小伙子张富贵看着眼生,他估摸着大概又是来采访他的记者啥的。

何老板高兴地参观了一遍张富贵焕然一新的家,拍着张富贵的肩膀问道:"老哥,当了英雄,日子行了吧?"张富贵自然感激涕零,由衷地说:"何老板,托你的福,这样的日子,俺以前做梦都不敢想啊。现在,俺睡着也能笑醒了。"何老板当即哈哈大笑,"你呀,别忙着乐,好日子还在后头呢!"

张富贵看了一眼正在灶前忙碌着的马寡妇,悠悠地说:"能天天这样过,俺就心满意足了。""哎——"何老板说,"老哥呀,你这是得过且过的农民意识。我问你,你想过以后没有?将来你们老了咋办?"

张富贵一怔,他还真没想那么多,他"嘿嘿"笑道:"还能咋样,也这么过呗!"何老板摇摇头,语出惊人地说:"依我看,现在你这个家还不算一个完整的家,知道缺点什么吗?"张富贵茫然地摇摇头。

何老板语重心长地说:"缺个孩子!"张富贵一张老脸臊得通红:"俺们都这么大岁数了,要生也……"何老板摆摆手:"不能生可以领养一个呀,将来一样可以养你们的老。"经何老板这么一点拨,张富贵心里豁然开朗,感激地说:"何老板,你为俺想得真是周到。"

何老板推心置腹地接口道:"论公,你是英雄,我们大家应该为你着想;论私,你救了我孩子的命,是我们家的大恩人,我是真心把你当成我的大哥,我不关心你还能关心谁? 对了,大哥,我这里就有一个很好的人选,你看让他来给你做儿子,咋样?"

张富贵又惊又喜:"谁呀? 多大了?"何老板就招手把带来的那个小伙子叫过来,介绍说:"这是我姐姐的儿子,叫滔滔,今年十九了,正上高三,学习还不错,你看他怎么样?"

张富贵一听慌了神,连声说:"使不得,使不得,这么金贵的孩子,俺咋能……"他心说:"俺这不是白占人家的便宜吗? 谁舍得把养这么大的儿子送人?"何老板捅了他一下,笑着解释说:"什么金贵不金贵的! 你救了我的孩子,我们全家都非常感激你,尤其是我姐姐,她听说你没有儿子养老,就说反正她还有个女儿,就让儿子跟你得了。"

张富贵哪里敢答应,百般推辞。这一来,何老板就有点不高兴了,脸一沉,说:"老哥,你是不是瞧不起我们? 告诉你,我们跟你结亲可不是要沾你啥光。虽说你是英雄,可是要权没权,要财没财,你身上有啥可图的? 我们就是为了感谢你这样的好人,让你将来老了好有个依靠。"

听人家何老板说得这么诚恳,张富贵再不答应也就太不识抬举了。不过,让这大小伙子当自己的儿子,张富贵心里不踏实呀！他怯怯地问那个叫滔滔的小伙子："孩子，你愿意吗？"

何老板立刻推了滔滔一把，催道："快叫爸爸。"滔滔还真听话，脆生生地就叫了一声："爸爸。"这一声"爸爸"，叫得张富贵是百感交集，止不住喜泪纵横，抱着滔滔就"呜呜呜"哭将起来。何老板见状，拍手道："好了，这事就这么定了，明天，我就去给你们办过继的手续。老哥，恭喜你呀，喜得贵子，你老了就等着享福吧！"

张富贵乐得嘴都合不拢了，让马寡妇赶紧给儿子拾掇房间。何老板却说，滔滔今年要考大学，课程紧，一天也不能耽误，必须赶回去上学，所以没多久，他们就又回城了，剩下张富贵两口子，为添了儿子，欢喜得当晚一宿没合眼。

村里人听说张富贵认了个儿子，还攀上了何老板这门高亲，都是艳羡不已，说他有福。张富贵有了后人，腰也直了，走起路来胸脯高傲地挺着。到了秋天，从城里传来好消息：张富贵的儿子考取了北方的一所重点大学。喜得张富贵跑去买了两盘"万响炮"，挂在家门口"乒乒乓乓"炸了个五彩缤纷。然后，两口子就眼巴巴地等着儿子来给他们报喜。

可左等右等，眼看快入冬了，儿子就是不来。张富贵等得心焦，只好跑到镇上去问何老板。何老板奇怪地眨着眼睛问他："你有事吗？"张富贵不好意思地说："听说滔滔考上大学了，他……咋也不来看看俺？"何老板就告诉他："滔滔现在已经上学走了，等到放年假时他一定会来看你的，你回去耐心等着吧。"

可是等到年底，滔滔还是没来……

第二年春天，张富贵到镇上办事，正巧在街口碰上何老板，张富贵没开口，何老板先惊道："啊呀，老张，你怎么瘦成这样了？"张富贵不好意思说是想儿子想的，咧开嘴笑笑，忍不住问："滔滔现在咋样了？"

何老板一怔，眼光里似乎有些不忍，他把张富贵拉到一边，说："我这一阵太忙,也忘了去告诉你。滔滔在外面读大学,眼看着将来也不会回来工作,过继的事情,我看就算了吧,关键是孩子有些不愿意。"张富贵"啊"了一声,张了张嘴,却说不出话来。

何老板看他一脸失落的样子,连忙安慰说："你别急,以后有合适的,我再给你介绍一个。"此时,张富贵身子跟抽去了骨头似的,软软的站不稳,眼里含着泪,嘴里一个劲儿念叨："说好的事儿,咋说变就变了呢……"

这年开春的时候,有个穿着体面的中年人开着车打听到张富贵家里,诡秘地说要与他做一宗生意。张富贵说："我就会种地,哪会做什么生意呀?"那人说："你啥也不用干,只要你让我的儿子给你当儿子,我就给你一万块钱。"

还有这事?张富贵愣了："一万块?"那人说："两万也行。"张富贵的心"怦怦"直跳："你要是愿意把儿子过继给我,我给你一万块钱都愿意。"那人见张富贵这么当真,赶紧解释说："咱先说清楚,这是暂时的,半年后就解除关系。"

张富贵马上想起了滔滔,疑惑地问："你葫芦里到底卖的啥药?"那人也不隐瞒："现在不是有规定么,父母有'见义勇为'称号的考生,高考时要加二十分。有了这二十分,我小孩考重点大学把握就大了……"

张富贵脑子里"轰"一声,对方再说什么,他一句也听不到了。

(黄　胜)
(题图:安玉民)

天上掉下个林美眉

  邱大年近四十还没找着对象。也难怪,软件太硬,硬件太软,家处穷乡僻壤,人长得又差,虽说有人替他在电台里征婚,可哪个女人也看不上他。

  这天,却突然有个俊俏的城里姑娘找上门,自我介绍说她姓林叫美眉,从收音机里听到邱大征婚的消息,觉得山里人朴实可靠,年龄大点没关系,穷了富了无所谓,长相好坏她更不挑,只要一心过日子就成。

  邱大摇着头怎么也不信,城里姑娘怎么会看上自己呢?可他爹却乐得搓着两只大手掌直笑,劝儿子说:"就算她是骗子,咱家有啥能被她骗了去的?"邱大想想爹的话也在理,于是就决定先和这个林美眉处处再说。

处了几天,邱大觉得林美眉除了太漂亮之外,确实没别的毛病,于是就问她:"要是没啥意见,咱们就商量结婚吧,你说说有什么条件?"

林美眉摇摇头:"我娘家没什么人了,我什么东西都不要,婚礼怎么办,听你的。"

邱大把林美眉这话对他爹一说,他爹乐得夜里做梦都在笑,马上就选了个良辰吉日,替他们把婚事办了。

不久,林美眉怀孕了,分娩的时候因为难产,被紧急送去了县医院。

邱大爹在家里左等右等,都一个星期了,就是没有从县里传来的消息。那天,他好不容易才把邱大等回了家,谁知邱大进门就哭,邱老伯吓了一跳:"孩子怎么了?"

"孩子挺好。"

"是美眉出事了?"

邱大抹一抹眼泪说:"美眉被抓起来了,她是被通缉的杀人犯,为了活命才嫁给我的。"

邱大爹听糊涂了:"这话怎么说?"

邱大叹了口气:"爹,你不知道哇,她就是看中咱们这里消息闭塞,没人能认出她来,才嫁给我的,一来可以有地方躲,二来她结婚怀孕了,就是被抓也不会判死刑,孩子哺育期不用进监狱。"

邱老伯听了连连跺脚:"怪不得叫美眉,才美了一下,就没了!"

(翟德军)

(题图:李　加)

宝石蓝女裙

　　这天,阿雯在商场看中了一条宝石蓝进口面料的女裙,试了试,正合身,只是式样有点"暴露",价钱也高了些。售货员一个劲儿地怂恿阿雯买下来,说这种款式的裙子只有这一条了。

　　阿雯为难地说:"裙子是不错,可式样新潮不说,价钱又这么贵,我只能用私房钱买,而且回去还不知怎么跟老公说!"

　　售货员马上大包大揽地说:"只要你喜欢,我倒有个办法来帮你对付老公,这办法我已经用过多次了,你尽管放心。"

　　售货员拿出一张奖券,交给阿雯:"你先付钱,然后把裙子留在这里,回去就对你老公说我们这儿在搞有奖销售,你摸到一张奖券,让他来帮你看看中奖了没有。等他来了之后,我就把这条裙子给他,说是你中的奖品,那他就不会说什么了。"

阿雯觉得这招高明,立刻点头,马上付了钱,喜滋滋地回家,如此这般地对老公说了。

晚上,阿雯的老公果真拿着奖券去商场兑奖,阿雯就在家里等啊等。可是一直等到商场关门的时间都过了,老公才刚刚踏进家门。

阿雯连忙问老公:"中奖了么?"

老公说:"中了,中了,售货员说你运气不错呢。"他一面说,一面就从提包里拿出一条裙子,递给阿雯。阿雯兴高采烈地接过裙子,可是一看,却傻了眼。原来这根本不是那条宝石蓝女裙,而是一条廉价的饭裙!

阿雯气坏了,可又不敢声张,只得气鼓鼓地熬了一夜。

第二天中午,阿雯抽空从公司跑出来,直奔商场,去找售货员理论。谁知售货员一口咬定,她给阿雯老公的就是那条宝石蓝裙子,不信可以找她老公来当面对质。阿雯半信半疑地走出来,打算去老公的单位问个究竟。

才到半路,她就看见自己的老公和女秘书一起迎面走来。阿雯朝老公的女秘书身上一瞧,咦,怎么那么眼熟?她再定睛一看,嗨,原来那条宝石蓝女裙穿在女秘书身上了!

(申爱军)

(题图:李　加)

吃人的笑容

在一幢住宅楼的二层，住着一对老两口，自打搬到这楼里，就从没见对门那家男主人笑过。

对门这男主人脸比较黑，一向表情严肃，抬头挺胸一看就是很有地位的人。有一次，老太太忍不住问老头："你说那黑脸，他是不是天生不会笑呢？"老头把脸一沉，说："你怎么能这样说人家？人家是领导，领导见的人多，要是见人就笑，还不把他累死？笑不笑是他的事，反正咱们对他笑了就行。"

转眼几年过去了。这天老太太正在做饭，老头从外边拿牛奶回来，一进门就像发现新大陆一样，激动地对老太太说："出怪事了！出怪事了！我刚才在楼道里碰上黑脸，你猜怎么着？他……他居然对我笑了一下！"

　　老太太说："不能吧,他多少年都不会笑,是你看花眼了吧?"

　　老头把拐杖一顿,说："千真万确,他的脸黑,不笑是露不出白牙齿的,可我刚才看见他的牙齿了! 他不但对我笑,还问了我一句'干什么去'。你说怪不怪?"

　　这天晚上,老两口一边吃饭一边还念叨着黑脸的事。这时候,门铃响了,老太太赶紧去开门,只见黑脸笑容可掬地站在门口,嘿嘿,他笑起来的样子还蛮不错的呢! 老两口急忙请他到屋里坐。

　　黑脸说："不坐了,我就是来告诉你们一声,这个星期天我儿子结婚,在东海大酒店请客,我们是老邻居了,您二老可一定要去呀!"

　　黑脸走了,老两口半天没缓过劲来:敢情他对我们笑是为了让我们掏钱呀!

　　老太太问老头："你说我们得送多少钱的礼?"

　　老头想了想,说："人家在那么好的饭店请客,我们可不能送少了。得,我这个月的退休金拿一半去,两百!"

　　老头老太原本以为这样一来,他们和对门邻居的关系肯定会比以前改善很多,可没想到那黑脸待他儿子婚礼一过,又回复了以前的严肃面孔,再没对老两口笑过。

　　大约又过了一年多,老头老太早已经习惯了黑脸这个样子。突然有一天,老头在家里正忙着,老太太回来说："不得了啦,老头子,黑脸今天又对我笑了! 不光笑,还用手搉了我一下呢,你说这可怎么办呢? 会不会又要我们掏钱了啊?"

　　老两口提心吊胆地等着,这天晚上黑脸没来,可第二天一大早他就来叫门了。他朝老头老太亮出一张烫金大红请柬,说:"今天我家孙子满月,在王府大酒店请客,到时候楼下有大客车来接,您二老可一定要去哟!"

　　老两口愣住了,最近老头刚刚因为心脏病住了一次医院,把家里的存款差不多都花光了。黑脸走后,老两口翻箱倒柜地找了半天，总算凑出四百块钱。老头说："这回人家专门下了大红请帖，还有专车来接，我们的礼钱只能比上回高。"两个老人算来算去，最后带着三百元钱去参加了宴席。不管怎么说，总算又过了一关。

这件事一过，就像上次那样，老两口又开始每天面对黑脸那张石头般毫无表情的面孔了。老两口估计，这下黑脸是彻底不会再对他们笑了。

又过了一段时间。这天，老头老太正在散步，老远就看到黑脸露出了白牙，正笑着朝他们走来，但只是扫了他们一眼，没有开口说话，而且这之后的三天，天天如此。老两口不由紧张起来，晚上就睡不踏实了，想想仅有的一点工资除了买油盐酱醋米，都丢进了药罐子，再要送礼可是怎么也送不起啦！这可如何是好？

毕竟是上了年纪的人，经不起煎熬，也不知道是不是真因为这事，这天半夜里，老头的心脏病突然发作了，面色铁青，气息急促，送到医院没多久，就离开了人世。老太太这个伤心呀，真是没法说。老头走了，老太太的身体也一日不如一日，她每天拄着棍子在楼下站着，看到黑脸还是天天咧嘴笑着，可笑归笑，再没和老太太说过一句话。

这一日，老太太正准备上楼回家，碰到黑脸家的小保姆，老太太心里憋得难受，就冲着小保姆问："姑娘，你主人家最近有什么喜事呀？"

小保姆说："喜事？没有啊！"

老太太说："没有？那你家主人怎么总是笑个不停呢？"

小保姆说："嗨，不是那么回事！大娘，他前一段时间体检，查出来嘴里长了个瘤子，大夫给他做了肿瘤切除手术，不知是手术伤了神经还是怎么的，他那嘴从此就合不上了，看上去就和笑一样……"

（徐　洋）

（题图:谢　颖）

味道

　　董事长到下面分厂检查工作。

　　中午吃饭的时候,首先端上桌的是餐厅的主打菜——猪小肚黄豆汤。不等小姐动手,厂长就拿过汤勺,哈着腰熟练地给董事长盛上一碗。小姐正想接勺帮大家盛汤,副厂长已抢先为厂长盛上一碗,小姐这才为剩下的每位盛了一碗。

　　大家都不喝,眼睛看着董事长,董事长似乎意识到什么,喝了一小口汤,表情平淡地说:"有点味道。"于是厂长等人也紧跟着喝起来。

　　厂长咂着嘴说:"不错。"

　　副厂长也竖起大拇指说:"好汤!"

　　其他人都跟着附和。

董事长听了，不觉纳闷：莫非我的舌头有问题？怎么觉得这汤有点馊味？他又呷了一小口，还是觉得有味道，但他没有说。

这时，董事长的司机赶来接董事长了，因为董事长下午还要去跑另一个分厂。厂长为董事长的司机盛了一碗汤，司机才喝一口，就"哇"地喷了出来："隔夜汤，绝对是隔夜汤！"

董事长这才笑道："我还以为是我的舌头有问题呢，原来这汤是真的有味道！"

厂长一脸尴尬，但他沉得住气，又端起碗喝了一口汤，作细细品味状，然后恍然大悟似的说："还是董事长水平高，一尝就尝出味儿来了。"

副厂长等人脸皮也厚，立刻效仿，异口同声说："高，董事长的水平实在是高！"

董事长意味深长地扫了大家一眼，说："不是我的水平高，而是你们都有点味道。"

（章　旭）

（题图：李　加）

超值服务

　　移动公司的张经理很注意自己的形象，那天他对着镜子一照，发现头发有点长，就决定到美发店去修整修整，于是开车来到一家装潢漂亮、整洁干净的美发店。

　　只见店门口的招牌上赫然写着"洗头5元"，张经理心里一乐：这么讲究的地方，洗个头才5元？值！

　　他抬腿跨进了店门，迎宾小姐微笑着给他鞠了个躬："欢迎光临！"然后做了个"里面请"的手势。

　　张经理看到如此热情、礼貌的服务，心里很高兴，把胸一挺，走进了店堂。

　　大堂里，一位漂亮小姐微笑着迎上来："请问先生需要什么服务？"

"把头发洗一洗、剪一剪,好好给我收拾收拾。"张经理是见过世面的人,他知道有些店家爱欺生,往往对熟客服务要到位些,所以装出一副很内行的样子。

接下来的服务让张经理很满意:洗头小姐训练有素,手法娴熟,头部按摩轻重适度,让张经理昏昏欲睡,十分舒坦;所用的洗发水从气味和泡沫来看也很不错;剪发师傅的技术更是了得,刀、剪在他手里能玩出很多花样,让张经理看得眼花缭乱,剪出的发式有型有款,用吹风机这么一吹,头发根根顺当。

张经理对着镜子仔细打量,很合自己心意,他暗自庆幸自己来对了地方。

这时,给张经理洗头的小姐走过来,微笑着问:"先生,胡子要刮吗?"

这不是废话吗?张经理想:自己也是有身份的人,不可能留着胡茬子,小姐怎么连这都看不出来?再说,刮胡子与理发是一套服务,根本用不着问的。

张经理有点不高兴了,对小姐说:"当然要刮。"

好在小姐的手艺还不赖,动作既利落又轻柔,张经理摸摸自己的脸,光溜溜的,感到很满意。

张经理有个习惯,每次理完发后,都要让小姐用棉签掏掏耳朵,于是便问小姐:"能帮我掏掏耳朵吗?"

小姐依然微笑着回答:"当然可以。"

其实张经理的耳朵经常掏也没什么可掏的,只不过像挠痒痒似的挠挠而已,但小姐却做得一丝不苟。

最后,张经理心满意足地来到收银台付钱。

收银小姐微笑着,彬彬有礼地告诉张经理:"先生,您一共消费了98元。"

"什么,98元?你们店门口的招牌上不是写着'洗头5元'吗?"张经理很诧异。

"是的,单洗头我们确实只收 5 元。但您选择的是'洗头加剪发加头部按摩'的美容套餐服务,收费是 30 元。"

"那也不要 98 元呀?"

"您还选择了刮胡子、掏耳朵两项增值服务,每项收费 5 元。"

"那还有 58 元收的是什么钱?"

"那是您用过的一瓶洗发水的价钱。"

"可我洗一次头用不上一瓶洗发水呀?"

"是的,但我们店里有规定,用洗发水不足一瓶的,按一瓶计算。"

"你们这是商业欺诈,你们这是乱收费!"张经理非常愤怒。

"对不起,先生,"收银小姐依然微笑着,说,"我们是参考本县移动公司的做法来收费的。"

(吴泽武)

(题图:李　加)

故事会30年优秀作品精华本

《故事中国》：在这里，让我们倾听民声

《故事中国：30年来流传在老百姓心中的99则故事》是故事会公司继《话说中国》、《行走中国》之后推出的第三个文化工程，

有4个比较明显的特点：一、内容的代表性。《故事中国》虽然只收集99则作品，但所涉及的内容总字数却高达2500万，有以少胜多、以一当十的集约功能。二、题材的多样性。如果说故事是一条流动的河的话，那么，《故事中国》就是一幅当代版"清明上河图"，它关注民生，关注民情，关注民风，艺术地再现了改革开放以来丰富多彩的和谐生活。三、叙事的时代性。这些作品紧跟时代步伐，是时代最忠实的摄影师和记录者。大多数作品经过30年的风雨激荡，但仍不失其核心价值，有些至今仍在人们口头流传、仍有旺盛的生命力。因此，记住一则故事，就等于记住一段历史。四、编选的权威性。参与编选的同志在杂志社工作多年，且为故事文学的资深编辑。他们对这些作品再经过艺术加工，力图在坚持故事文学特点的基础上塑造人物形象，提高艺术美感，力求口头性与文学性的完美结合，努力使每一篇作品能读得进、讲得出和传得开。

《故事中国：30年来流传在老百姓心中的99则故事》定价30.00元。汇款地址 上海市南绍兴路74号；收款人 上海故事会文化传媒有限公司；邮编 200020；联系电话：021-54667910。